風の神とびいどろの歌声

安曇ひかる

幻冬舎ルチル文庫

C O N T E N T S ✦目次✦

風の神とびいどろの歌声

✦イラスト・金ひかる

✦カバーデザイン= chiaki-k(コガモデザイン)

✦ブックデザイン=まるか工房

風の神とびいどろの歌声

「恵塊」

「んごぉぉぉ」

猪のような鼾をかく大きな身体を、背中から軽く揺すってみる。

「ねえ、恵塊」

わかってはいたけれどやはり反応はない。いつもどおり朝から浴びるほど酒を飲んだ恵塊は、昼八つ（午後二時）前に泥酔してしまった。こうなると暮れ六つ（午後六時）か、酔い具合によっては六つ半（午後七時）までは目を覚まさない。

小鈴は口元に小さな笑みを浮かべると、そろりと片膝を立てて立ち上がった。古い板張りの床がギシギシと軋むが、恵塊が目を覚ますほどの音はたたない。十六にもなるのにカトンボのように華奢で軽い自分の身体が好きではないけれど、こんな時ばかりは役に立つ。

「おっと……」

壁の飾り物にうっかり背中が触れた。枯れた草がカサリと乾いた音をたてる。

——まったく、なんでこんなものをいつまでも。

野の草で作られたと思しき円形のそれは、いつの頃からか薄汚れた壁に飾られている。枯れ果てて変形し、ほとんど茎だけになっているのに、恵塊は決して捨てようとしない。よほど大切なものなのか単に捨てるのが面倒くさいのか、小鈴にはわからない。

——ただ……。

この枯れた草の飾り物に触れると、なぜだろう胸の奥がツキンと小さな痛みを覚えるのだった。背中で歪ませた部分を、ちょちょいと手早く元通りに直すと、念のためにもう一度後ろを振り返った。恵塊は着物の合わせをはだけさせ、豪快な鼾を響かせている。その様子は僧侶というよりどこぞの無頼人のようだ。実のところそうなのかもしれないと小鈴は思っている。

——よし。

小鈴はひとつ大きく頷くと、ぬき足さし足で板間を横切り、庫裏から続く長い渡り廊下を本堂へと急いだ。庫裏から直接外へ出る戸口もあるが、枠の歪んだ腰高障子の扉はひどく立て付けが悪い。どうにか開こうと格闘しているうちに恵塊が目を覚ますこともしばしばで、だから近頃では少々遠回りをし、廊下の先の本堂から外へ出るようにしているのだ。

本堂と言っても、小鈴が住み始めた頃にはすでにご本尊がなかった。蜘蛛の棲み処と化した須弥壇を横目に、小鈴はところどころ歯抜けになった連子格子を開けた。

「うわあ、いい天気だ」

久しぶりの晴天にうんっ、と大きく伸びをした。秋の空は抜けるように青い。ピチピチキュルルと、あちこちから野鳥の鳴く声が聞こえる。鳥たちも束の間の晴天を楽しんでいるのだろう。

参道の入り口に「恵風寺」と彫られた寺標が建っているが、蔓性の草が何重にも巻きついていて判読不能だ。そもそもそこが参道だと気づく者はいない。小鈴は背丈ほどの雑草が生い茂る元参道を抜け、村へと下りる百二十段ほどの石段を、草履(ぞうり)が脱げそうな勢いで駆け下りた。

　山間の小さな里村を中心としたここらあたり一帯は、古くから朱鷺風(ときかぜ)と呼ばれている。連なる山々から吹き降ろす風は、夏は涼しく冬には温かく、四季を通じて気候に恵まれている。土地は肥沃(ひよく)で作物はよくでき、おかげで人々の気質も穏やかだ――と、以前に恵塊が教えてくれたが、小鈴の知る朱鷺風の気候はまるで正反対だ。

　夏の日差しは肌が焦げそうなほどだし、冬は毎年のように豪雪被害に見舞われる。年中暴風が吹き荒れ、水害が頻発する。穏やかに晴れる日など年に数えるほどしかない。

　気が滅入るような気象傾向が、もう九年も続いているのだというが、晴れたところで荒れたところで小鈴の生活にはさほどの影響はなかった。しばしば恵塊に「酒を買ってこい」と遣いを頼まれるほかは、寺の周りで野草を採ったり、剣術の稽古と称して棒きれを振り回すくらいしかすることがない。天候が悪い時に無理に外へ出る必要はないのだ。

「けど、村へ行くなら雨より晴れの方がいいに決まってる」

　着物の裾(すそ)がはだけるのも構わず、小鈴は走る速度を上げた。

　おかっぱのつやつやとした髪が風に靡(なび)く。色白の細面。口元も鼻も小ぶりなのに、目だけがくりくりと大きい。ひょろりと伸びた手足はか細く、十六だと言っても誰も信じてはくれないだろう。

いつまで経っても幼さの抜けない自分の容姿が、小鈴はあまり好きではない。もう少し男らしい身体つきに（恵塊ほどではないにせよ）生まれつきたかったと思うこともあるけれど、こんな身軽な身体でなければ、一里以上先にある村まで四半刻（三十分）で辿り着くことはできないだろう。見かけによらず、小鈴は健脚だ。

「急げっ、急げっ」

息を切らして走る。恵塊が眠っているうちに寺に戻らないと、げんこつを喰らうことになるからだ。

恵塊は小鈴の父親ではない。孤児だった小鈴を引き取り、面倒を見てくれているのだ。引き取ったのは小鈴が八つになったばかりの頃だというが、詳しい経緯はわからない。気づいた時には恵塊とふたり、朽ち果てた寺で暮らしていた。それ以前の記憶は、ない。

恵塊は基本的に怒らない。酒さえあれば機嫌がいいが、ないからといって小鈴に当たったりはしない。けれどなぜか小鈴がひとりで村へ行くことを許してくれない。寺のある森の一帯からできるだけ外へ出るなと、事あるごとに言い含めるのだ。

『なぜ村へ行ってはいけないの？』

以前そう尋ねてみたことがある。小鈴とてもう十六。尻の青い童ではない。

『なんででもだ』

『じゃあ、なぜおれに酒を買いに行かせるの？』

村に行ってはいけないと言いながら、しばしば酒を買いに行かせる。大いなる矛盾だ。至極真っ当な指摘に、恵塊は片眉(かたまゆ)をピクリと動かし、それからニヤリと不敵に笑った。

『それはそれ。これはこれだ。そうそう先に駄賃をやろう。帰りに飴(あめ)でも買って食え』

酒を買うためなら出てもよいが、他の時はだめ。要は大した理由などないのだ。到底納得できようはずもなかったが、滅多に口にできない飴の甘さを思い出し、小鈴は差し出された駄賃を受け取るのだった。

遣い走りをさせるためだけに自分を拾ったのかと疑った時期もあったが、今はそうではないと思っている。なぜなら小鈴が酒の遣いを頼まれるのは、決まって晴れか曇りの日で、嵐の日や大雪の日に遣いに出されたことはただの一度もないからだ。

働きもせず、日がな一日廃寺の庫裏で酒を飲む恵塊。どうやって酒代を調達しているのか小鈴には見当もつかなかった。もしや金貸しから烏金(からすがね)でも借りているのではと心配したこともあったが、おそらくそれはないだろうと今は思っている。生臭坊主に貸したところで一文も回収できないことは、金貸しとてわかっているだろう。

第一恵塊は、滅多なことで寺から出ない。出かけるのは月に一度か二度、森へ山鳩(やまばと)や野兎(のうさぎ)を狩りに行く時だけだ。彼が村へ行くところなど見たことがないし、誰かが彼を訪ねてきたことも、ただの一度もない。

「今日はお駄賃がないから、飴は買えないな」

その代わり、この日は別の楽しみがあった。村はずれの小さな道場で、剣術の稽古が行われる日なのだ。と言っても小鈴が稽古を受けるわけではなく、道場の小窓からこっそり稽古の様子を覗(のぞ)くだけだ。村に行くことすら制限されているのだから、恵塊が束脩(そくしゅう)を用意してくれるとは思えなかった。

それでも稽古を覗き見ているだけで小鈴の心は震えた。自分と同じ年頃の少年たちが、真剣な眼差(まなざ)しで竹刀(しない)を構える姿にわくわくした。

――いつかおれも、ああいったふうな少年剣士になりたいものだ。

できれば剣一本で誰かを助けてみたりもしたい。少年なのか少女なのかわからない身体つきだからこそ、小鈴は強くありたいと思っている。せめて自分の身くらいは自分で守りたい。そうすれば恵塊も「村へ行くな」などと言わなくなるに違いない。

森から拾ってきた棒きれでひとり稽古をする小鈴を見て、恵塊は『そんなへっぴり腰じゃあ豆腐も切れねえな』と鼻くそをほじりながら大笑いするが、それでも時々暇に任せて剣の相手をしてくれた。

『いいか小鈴。型なんてものはどうでもいいんだ。剣に大切なのは力。そして疾(はや)さだ。小手先の技で斬ろうとすれは、逆に斬られる』

別に本気で人を斬りたいわけではない――とは言えなかった。酒浸りの僧侶のくせに、恵塊は驚くほど剣術に長けていた。もしかすると道場の先生より強いかもしれないと、小鈴は内心思っている。

半刻ほど道場を覗き見した後、小鈴は来た道を寺に向かって歩いた。

「えいっ！　やあっ！」

見てきたばかりの稽古の光景を、頭の中で繰り返す。恵塊は型などどうでもいいと言うが、道場では「型こそが大切だ」と教えている。一体どちらが正しいのか、小鈴にはさっぱりわからなかった。

「これがハッソウの構え。これがセイガンの構え。あれ、こうだったかな」

ハッソウやセイガンの意味はわからないが、型だけはなかなか決まっているのではないだろうか。自画自賛しながら歩いていると、どこからか「きゃっ」という声が聞こえてきた。

――なんだろう。

女性の悲鳴のようだった。小鈴は足を止めた。

「後生でございます。お許しください」

今度ははっきりと聞こえた。斜め前方にある小道の方からだ。小鈴は声のする方へと近づいていった。

「ぐへへへ……その着物も置いていきな」

「これだけは、どうかお見逃しくださいませ」

「嫌だね。どうれ、俺が脱がせてやろう」

恵塊をさらにひと回り大きくしたような男が、下卑た笑いを浮かべながら若い娘の上に覆いかぶさろうとしている。娘は小鈴と同じ年頃か、少し年上のように見える。

——野盗だ。

小鈴はゴクリと唾を呑み込んだ。

相手は小鈴の倍以上あろうかという巨漢だ。しかも小鈴の武器は今さっきあぜ道で拾った棒きれ一本。おそらく本物の竹刀があっても太刀打ちできる相手ではないだろう。

——どうしよう。

そうこうしている間にも、野盗は娘の着物の合わせから手を突っ込んだり、尻を撫で回したりしている。娘の目から涙が零れ落ちるのを目にした瞬間、小鈴は叫んでいた。

「おい！　何をしている！」

野盗がぐるりと首を回し、こちらを振り向いた。

「なんだ。おぼこか。いい子だからそっちに行ってな」

「おれはおぼこではない！　その娘さんから手を放せ！」

野盗の目がギラリと光り、小鈴は恐怖に身体を強張らせる。

「おぼこの見るもんじゃゃねえ。帰ってしょんべんでも垂れて寝ろ」

シッシと手を振り、野盗は前を向き直る。そのまま娘の内腿に手を這わせた。「きゃああっ」

とひときわ高い悲鳴が上がる。

小鈴は手にしていた棒きれを捨てると、藪に転がっていた木の枝を拾い上げた。枝といっても小鈴の腕のほどの太さがある。よっこらせとそれを持ち上げ、構えた。

「ハッソウの構え……」

小鈴は枝を頭の右手側に寄せると、左足を前にして踏ん張った。そのままの姿勢でそろそろと野盗の背後に回る。野盗はもう小鈴の存在など忘れているように娘の身体を弄っている。

小鈴は野盗の後頭部めがけ、ひと息に枝を振り下ろした。

「め――――んっ！」

ゴツンと鈍い音がして、野盗の巨体がどさりと地面に崩れ落ちた。

「やった」

後頭部を打つのだから正確には「面」ではないのだが、他にどう叫べばよいのかわからなかった。

「今のうちにお逃げなさい」

差し出した小鈴の手を握り返せないほど、娘は怯えていた。

「ああ、ありが、ありがとうござ……」

震える娘の手を摑み、立ち上がらせた。

「さあ早く。この男が気絶しているうちにお逃げなさい」

娘は震えながら頷き、「ありがとうございました」と頭を下げ、村の方へと駆けていった。

――やれやれ。

小鈴はふう、とひと息ついて額の汗を拭った。恵塊の手前口にこそ出さなかったが、自分の剣の腕前には多少の自信があった。十になる前から恵塊の目を盗んでは道場へ通い、小窓から稽古を見学していたのだ。この頃ではそれなりに力がついてきた気がしていた。

「こんなに早く役に立つ日が来るなんて」

野盗に襲われている娘を救った。剣（木の枝）一本で。一撃で。

かつて感じたことのないほどの充足感に、へらっと頬を緩めていた小鈴は、ゆっくりと近づいてくる巨大な影に気づかなかった。

「……っ！」

突然背後から首を絞められた。しまったと思った時にはもう遅かった。気を失っていた野盗が目を覚ましたのだ。

「いい気になるなよ。クソ餓鬼が」

生臭い息が頬にかかる。小鈴の太腿ほどもある太い腕が、ぐいぐいと首を絞めつける。

「おぼこのくせになめた真似しやがって。目にもの見せてくれる」

「ぐえぇ」

喉奥から蛙のような声が出る。爪を立てても引っ掻いても、野盗の太い腕は微塵も緩まない。それどころか足をばたつかせて暴れる小鈴の身体を、いとも簡単に持ち上げてしまった。

「息の根止めてくれるわ！」

「ぐ……っ！」

もはや声すら出なかった。恐ろしい圧迫感に、視界が赤黒くなっていく。

――死んでたまるかっ！

叫ぶ心の片隅から、死の気配が忍び寄ってくる。

手足から力が抜け、意識が遠のいた。

――恵塊……。

孤児の自分を拾って育ててくれた、飲んだくれの僧侶の顔が浮かんだその時だ。

突如あたりに一陣の風が立ち、首に巻き付いていた太い腕がずるりと剝がれた。

喉がひゅっと高く鳴る。潰されていた気道を広げるように、小鈴は夢中で肺に空気を吸い込んだ。

――助かった……の？

ところが次の瞬間、何かに包まれるようにふわりと身体が浮き上がった。

「……わっ！」

浮き上がったまま、身体が不規則にぐるぐると回転する。上下左右、意思とは関係なく縦横無尽に飛び回るわが身に、小鈴は思わずぎゅっと目を閉じた。十になったばかりの頃、川遊びをしていて、小さな滝つぼに嵌り溺れかけたことがある。ただただ翻弄されるばかりの感覚はあの時と似ているが、ここは川でも滝でもない。

　野盗もろとも竜巻にでも襲われたのだろうか。ふたたび死を覚悟した小鈴は、身を硬くして地面に叩きつけられる衝撃に備えた。

「………」

　しかしその瞬間はなかなかやってこない。ほどなく小鈴の身体は、宙に浮いたままその動きを止めた。

「大事はないか」

　頭上の声に、閉じていた目をゆっくりと開く。小鈴の身体は男の逞しい腕に抱かれていた。

――うわぁ……。

　小鈴より五つ六つ、年上だろうか。驚くほど美しい男だった。

　肩より長いその黒髪を、ゆったりと風に靡かせている。髪と同じ深い漆黒の瞳が、じっとこちらを見下ろしている。鼻先が触れそうな距離で見つめられ、頬がぽっと熱を帯びるのがわかった。

「あの……」

　ようやく口を開くのと同時に、ふたりの身体がゆっくりと地面に下りた。舞い降りたというのがふさわしい、柔らかな着地だった。

地面に立つと、男の身長がとても高いことがわかった。全体的に白っぽい、あまり見慣れない着物を纏っているが、すらりと手足の長い彼に、それはよく似合っていた。

「相変わらず無鉄砲だな」

まるで小鈴を見知っているような口調だったが、男の顔に見覚えはない。この村で小鈴が知っている顔といえば、恵塊の他には道場の師匠とそこへ通っている何人かの少年たち、そして時折飴を買う飴売りくらいのものだ。

「どちらさまか存じあげませんが、危ないところを助けてくださりありがとうございました」

ようやく自力で立ち上がり礼を言うと、男はその怜悧な目元をぴくりとさせ、短く息を呑んだ。

——うわ、怒らせちゃったかな。

以前にどこかで会ったことがあっただろうか。必死に思い出そうとする小鈴に、男は静かな声で尋ねた。

「名を、なんと申す」

やはり知り合いではなかったようだ。ほっと胸を撫でおろす。

「小鈴と申します。その先の森にある恵風寺という寺で暮らしています」

「小鈴……」

男が小さく繰り返す。小鈴は「おかげさまで命拾いいたしました」と深々と頭を下げ、それから興奮を口にした。

「それにしても、ものすごい跳躍力ですね。ひとっ飛びにこんなところまで」

野盗の巨体は、ようやくそれと確認できるほど遠くに転がっている。さきほど首を絞められた場所だ。男が成敗してくれたのだろう、呻きながらもぞもぞと動いているので、死んではいないようだ。

「まるで宙に浮いているようでした。風に乗っているような心地でした」

「風だからな」

「え？」

きょとんと首を傾げる小鈴の前で、男は大きく嘆息した。

「浮いているような、ではない。浮いていたのだ。風に乗ったような、ではない。お前は風に乗ったのだ」

小鈴は男の顔をじっと見つめた。冗談を言っているような様子はない。

「あの……」

「私の名は雅風。風の神だ」

「カゼノ……カミ」

「そしてお前は風の神に仕える風子だ」

「カゼコ……」

次々と繰り出される意味不明の言葉に、小鈴は瞬（まばた）きを繰り返しながら、ますます首を深く傾げた。

「風の神の国『瑞風国（ずいふうこく）』長（おさ）・雅風の命により、ただ今より瑞風国に上がり、神々に仕えることを命じる」

小鈴が「へ？」と大きく目を見開いた瞬間、先刻よりさらに強く風が立った。ごうっと音をたてて巻き上がる風に、雅風の黒髪が靡く。というよりも小鈴の目には、雅風がその髪で風を起こしているように見えた。

——カゼノカミって、まさか風の神？

「しっかりとつかまっていろ」

言うなり雅風は、小鈴の身体を抱き上げた。

「わっ」

がっしりと筋肉のついた腕にしがみつくが早いか、ふたりの身体はまるで本当に風に乗ったかのように、空高く舞い上がったのだった。

「うわあっ」

道が、田が、畑が、ぐんぐん遠ざかっていく。ようやく起き上がってあたりをきょろきょろする野盗が、あっという間に豆粒になった。

——本当に風の神なんだ……。

ふと一瞬、胸の奥がざわりと騒いだ。なんだろう、嫌な感覚ではないけれど、楽しさや喜びとも違う。懐かしさによく似たその気持ちが何なのかわからないまま、小鈴は雅風の着物の裾を、必死に握りしめていた。

雅風は真っ直ぐ瑞風国へは向かわず、恵風寺に寄ってくれた。途中、風の神と風子の関係についての詳細を聞かされた。

風の神たちが棲む国・瑞風国には、数多の風の神が暮らしている。風とは単なる風のことではない。雲を集めるも風。散らすも風。つまり風とは気候全体を指す。

司る風の神の力が強大な土地は天候が穏やかで、土壌が肥え、人々は豊かに暮らすことができる。反対に風の神の力が弱い土地は痩せ、人々は暮らしに窮することになる。風の神の力が、その土地に住む人々の暮らしを大きく左右するのだ。

朱鷺風の地は、古くから風の神の国・瑞風国と通じている。村にはおよそ百年に一度、風子と呼ばれる赤ん坊が生まれ、その産声は瑞風国まで届く。風子は風の神たちの心を癒し、力を与えるのが役目――。

「おれがその風子だというのですか」

「そうだ」と雅風が頷く。

いきなりそんなことを言われても「はいそうですか」と納得などできようはずもない。きっと何かの間違いだろうと思っていた。ところが恵塊は、突然現れた雅風に驚いた様子を見せなかった。それどころか詳しい事情も訊かないまま、それこそ「はいそうですか」と小鈴を差し出すことを承諾してしまった。

あまりにあっさりとしたその態度に、小鈴は少なからず吃驚した。血の繋がりこそないけれど、九年もの間ふたりきりで暮らしてきたのだ。いつもと変わらず寝転んで酒を飲みながら「酒を買ってこい」と命令するのと同じ口調で「達者でな」と手をひらひらさせたのだ。ガタピシと音をたてて戸口を開く小鈴を、振り向きもしなかった。

——やっぱり本当の父と子ではないからかな。

肩を落とす小鈴を、雅風は森の奥へと連れていった。さっきまで晴れ渡っていたはずの空が、わずかの間に黒雲に覆われている。風も出てきた。朱鷺風の晴天は長続きしない。

「あの」

おずおずと声をかける。

「なんだ」

振り返らず、歩みも緩めず、雅風は先を行く。

「朱鷺風の天候が荒れているのは、おれがここにいるからなのですか」

風の神に力を与えるはずの風子の不在が、ここ数年の天候不良の原因なのではないだろうか。自分が本当に風子なら、今この時も、瑞風国にいなくてはならないはずだ。

雅風がゆっくりと足を止めた。

「そういうことだ」

肩越しに振り返った横顔が、怜悧すぎてひやりとする。

――やっぱり。

理由はわからないが、自分の本来の居場所はこれから向かう瑞風国らしい。恵塊が引き留めてくれなかったのも、きっとそのためなのだ。

――恵塊は、最初から知っていたのかな。おれが風子だってこと……。

ずんと腹の奥に重い物を沈められた気がした。

どれくらい歩いただろう、雅風は古い祠（ほこら）の前で立ち止まった。森のことならなんでも知っている気になっていたが、そんなところに祠があったことを、小鈴はその時初めて知った。

祠の扉を開けると一瞬にして空気が変わった。どう変わったのかを説明することは難しいが、雅風がさっき巻き起こした風の匂いに似ていると思った。

「目を閉じろ。いいと言うまで開けてはならないぞ」

小鈴は小さく頷き、ぎゅっと強く目を閉じた。ほんの数秒のようにも、半刻ほどにも感じられた時間の後、「開けてよいぞ」と雅風の声がした。

ゆっくりと目を開くと、相変わらず鬱蒼（うっそう）とした森の中にいた。傍らには今入ったのと同じような祠が建っている。

「行くぞ」

促されて歩き出す。寺に戻るのだろうか。訝（いぶか）りながら歩いていた小鈴だが、小道を抜けた途端、ここが恵風寺のあるいつもの森でないとわかった。

空を見上げてみると、分厚く垂れこめていた黒雲が、すっかり消えていたのだ。昼日中だというのに、青く澄み渡った空には太陽の姿が見当たらない。それなのに森の中にいるとは思えないほど明るいのだ。

——ここは朱鷺風じゃない。

どうやら小鈴の暮らしているのとは、別の世界のようだ。

「ここが瑞風国だ」

小道の遠く向こうに、見たこともないほど立派な建物の屋根が見えた。雅風の屋敷だという。そこで雅風は幼い弟と大勢の側近たちと暮らしているらしい。

やはり長だった父親・厳風（げんふう）が半年前に亡くなり、二十二になったばかりの雅風が跡を継いだのだという。ふたりの母親・風漣（ふうれん）は身体が虚弱で床に伏（ふ）すことが多く、今は屋敷から離れた場所にある別邸に住んでいるのだと教えてくれた。

父を亡くし、母は病床。決して軽い話ではないはずなのに、雅風の口調はどこか他人事（ひとごと）のように淡々としていた。若くして一国の長になる者の器がそうさせるのだろうか。

――でも、寂しくないわけ……ないよね。

「何をぼんやりしている。行くぞ」

「あ、はい」

促され、小鈴は雅風の広い背中を追った。

瑞風国の暮らしは、基本的に人間のそれとなんら変わらないという。季節は秋。司っている土地の季節と連動するのだと、雅風が教えてくれた。

「雅風さま、ごきげんよう」

「ごきげんよう、雅風さま」

森を抜けると、徐々にあたりが賑やかになってきた。すれ違う者たちが雅風に向かってにこやかに頭を下げる。雅風は「ああ」とか「うむ」とか短く頷くだけで、ほとんどその表情を変えない。愛想のいい方ではなさそうだが、そういった雅風の気風をみな承知しているのか、誰ひとり頓着している様子はない。

「あの……」

「なんだ」

「あの方たちもみんな風の神なのですか」

「そうだ」

風の神が風を操る技を、風術という。神とひと口に言っても、風術の力量には大きな差がある。辻に小さなつむじ風を起こすのがやっとの神もいれば、いくつもの村や町に亘る、広大な土地の天候を一手に預かる神もいる。

みな同じような白っぽい着物を身に着けているが、雅風のものにだけは金色の刺繍が施されていている。この国の長である証なのだろう。

「ところで雅風さま。おれは一体ここで何をすればいいのでしょうか」

小鈴には人に自慢できるような能力などひとつもない。見よう見まねの剣術で野盗の後頭部に面を見舞うくらいが関の山だ。

「歌を歌うのだ」

振り向きもせずすたすたと歩きながら、雅風が答えた。

「歌、ですか？」

風子の誕生は、すぐに風の神たちに伝わる。その美しい産声が瑞風国まで届くからだ。風子は瑞風国にある風の塔と呼ばれる塔のてっぺんで、毎日欠かさず歌を歌う。その歌声が神たちを癒し、力を与えるのだという。

小鈴は慌てた。自分の声が美しいなどと思ったことは一度もない。村で子供たちが歌っているのを聞いて覚えたわらべ歌を、時折小さく口ずさむことはあるが、頭上を舞うオオルリの方が、ずっと清らかに美しく歌うだろう。

「おれは風子ではありません。多分人違いです」

「神は人違いなどしない」

「けど、おれは歌なんて」

雅風が突然足を止めるものだから、小鈴はその背中に鼻の頭を強かにぶつけてしまった。

「痛た……」

「着いたぞ」

鼻を擦りながら顔を上げた小鈴は、思わず「うわあ」と感嘆の声を上げた。遠目にも大層立派に見えたが、目の前に迫ったその屋敷は想像以上に豪奢だった。

見上げるほどの荘厳な門の前に立つと、左右に控えた側近らしき若者が丸太のように太い閂を引いた。ぎぎっと音をたてて門扉が開くと、思いがけないことが起きた。

「兄さま！　雅風兄さま！」

十にはなっていないだろう、八つか九つくらいの男の子が、まだ開き切っていない扉の隙間からぴょんと飛び出してきたのだ。

「お帰りなさい！　兄さま！」

鞠のように弾みながら体当たりしてきた男の子の身体を、雅風はがっちりと受け止めた。

雅風を兄さまと呼ぶところをみると、一緒に暮らしているという弟なのだろう。

「今帰った」

「お帰りなさい、兄さま。豆風は待ちくたびれてしまいました」

「すまなかったな、豆風。よい子にしていたか？」

黒々としたおかっぱの髪を雅風がくしゃりと撫でると、豆風と呼ばれた男の子はぷうっと頬を膨らませた。

「兄さま。いつまで豆風をおぼこ扱いなさるのですか」

「ん？」

「豆風は『よい子にしていた』のではありません。兄さまの留守を、しかとお守りしていたのです」

豆風は拗ねたようにぷいっと横を向いてしまった。風船のように膨らんだその頬に、雅風がふっと表情を緩めた。

「悪かった。私の留守をしっかりと守っていてくれたか、豆風」

「はい！　もちろんです！」

豆風はぱあっと破顔する。ひまわりのような笑顔だ。

「兄さまの留守を預かるのは、この豆風の役目。兄さまはどこへなりと安心して――ん？」

小鼻をひくひくさせていた豆風が、雅風の斜め後ろに立つ小鈴に気づいた。

「兄さま。その者は誰です？」

舐め回すような不躾な視線は、あきらかに怪しい者を見るそれだった。

「新しい使用人ですか？　それにしては、いささか頼りなさそうな」

「使用人ではない。風子の小鈴だ」

「小鈴と申します。どうぞよろしくお願いいたします」

子供とはいえこの国の長の弟だ。小鈴は丁寧に一礼をした。

「風子……」

小首を傾げ、それから豆風は「あっ」と短く声を上げた。

「それなら知っております！　風子というのは百年に一度朱鷺風に生まれ、我ら風の神のために歌を歌う人間のこと。瑞風国にはここ数年風子がおらず、朱鷺風一帯の天候が荒れて、村人たちが難儀していると、書物にありました」

「よく勉強しているな、豆風」

「はい！　豆風はほどなく九つになります。九つが過ぎればすぐに十です。兄さまのお力になれる日もそう遠くありません」

「頼もしいぞ」

兄の雅風がよほど好きなのだろう、豆風はきらきらと瞳を輝かせた。

「今日から小鈴はこの屋敷で暮らす。豆風、いろいろと教えてやってくれ」

「えっ、ここで一緒に暮らすのですか？　風の塔ではなく？」

「風子は長の屋敷で暮らすと、太古より決まっているのだ。塔へ上るのは日に一度、歌を歌う時だけだ」

「そうなのですね」

豆風は何やら不服そうな目で、小鈴の顔をじろりと睨んだ。

「まあ、兄さまの頼みとあれば仕方ありません。豆風が面倒をみてやりましょう」

ここは「よろしくお願いします」と頭を下げるべきだろうか。迷っているうちに豆風は「それでは風術の稽古をして参ります」と、どこかへ駆けて行ってしまった。

「相変わらず騒がしいやつだな」

豆風の背中が見えなくなると、雅風がため息交じりに肩を竦めた。

「元気な弟君ですね」

「失礼な態度、許してやってくれ」

いいえ、と小鈴は小さく首を振った。

「あれの元気は、寂しさの裏返しなのだ」

「……え」

「この数年、風子の不在で風の神たちの力は弱っている。そのせいで新しい神がなかなか誕生せず、豆風と同じ年頃の者はほとんどいない」

「豆風さまには友達がいないのですね」

「ああ。それに豆風が生まれた時、母上はすでに伏しがちになっていた。あれが無事に生まれたことが奇跡だったほどだ。まだ八つだというのに、思い切り母上に甘えるということを豆風はしたことがない。追い打ちをかけるように、半年前には父上まで……」

私への過剰な憧れは、抱えきれない複雑な思いの反動なのだ。呟くように雅風は言った。

八つといえば、小鈴が恵塊と暮らし始めた年だ。記憶は朧だが、豆風のようにしっかりとした子供でなかった気がする。

小鈴は父親の顔も母親の顔も知らない。けれど代わりに恵塊がいてくれた。四六時中飲んだくれて、べたべたと可愛がってもらった記憶はひとつもないけれど、それでも横に恵塊がいてくれるだけで、風の夜も嵐の夜も安心して眠ることができた。

親の顔を知らないのと、知っているのに甘えられないのでは、どちらが寂しいのだろう。

「少々うるさいとは思うが、相手をしてやってくれないか」

豆風は、自分が小鈴の面倒を見ると言っていたが、雅風の思いは逆だったらしい。

「おれでよければ」

「頼むぞ」

最愛の弟のことだからだろう、雅風の瞳は柔らかだった。

口元に浮かんだ穏やかな笑みに、トクンと小さく心臓が鳴る。

はい、と頷く小鈴の黒髪を、風が優しく揺らした。

翌朝一番、小鈴は初めて屋敷の敷地の外れに聳え立つ風の塔に上った。塔の内側は螺旋状の階段になっている。てっぺんまで上り切り、大きく開いた窓から外を覗いた時には、あまりの高さに思わず足が竦んだ。一歩後ずさると、後ろについてきていた雅風がふっと小さく笑った。

「どうした。高いところが怖いのか」

からかうように言われ、ちょっぴりむっとした。

「別に……平気です」

「すぐ下を見ず、遠くを見るとよい」

促されるまま森の方に視線をやると、足の震えが少しだけ落ち着いた。

「なんでもよい。お前の好きな歌を歌え」

「はい……」

とはいえ村人たちとの交流がほとんどなかった小鈴は、歌というものをあまり知らない。その上風の神たちの心を癒すというからには、瑞風国中に響き渡るような大声で歌わなければならないのだろう。

「やっぱり無理です。そんな大きな声、おれには出せません」

ぶるぶると首を振ると小鈴の背中に、雅風の手がそっと当てられた。

「大きな声を出さなくてもよい。ただ息を吸って、吐けばいいのだ」

それで本当に歌になるのだろうか。

「お前の歌を聞かせてくれ、小鈴。楽しみにしていたのだ」

「……雅風さま」

振り返った先の優しい瞳に、小鈴の腹は決まった。

——よし。

小窓に向かい、息を大きく吸う。そして。

わたぐも　はこぶ　あおきかぜ
いなほ　ゆらす　こがねのかぜ
あまたの　かぜの　ふところで
とんびは　そらに　くるりとな

驚いたことに、小鈴の意思とは関係なく、唇から自然に歌が零れ出した。そしてその歌は小鈴の知るわらべ歌のひとつでも、酔った恵塊が時折口ずさむ調子のいい流行歌でもなかった。

唇が紡ぐ、知らないはずのその歌は、不思議なことにいつかどこかで聞いたことがあるような気がする。何度も何度も、繰り返し歌ったことがあるような。

はつゆき　おとす　ましろきかぜ
にじを　かける　なないろのかぜ
あまたの　かぜに　みまもられ
とんびは　おやどに　かえるかな

無風だった塔のてっぺんに、いつしか涼やかな風が吹きはじめた。

屋敷の庭の木々が、心地よさそうに揺れている。

それほど大きな声を出しているわけではないのに、自分の声が、ずっとずっと遠くまで、瑞風国の隅々まで響き渡っているのがわかる。

ひとしきり歌い終えた小鈴は、興奮気味に雅風を振り返った。

「雅風さま、歌えました！　ちゃんと歌えました！」

「ああ、見事な歌声だった」

雅風が微笑(ほほえ)んだ。不愛想な彼が初めて見せた、ぎこちないけれど温かい笑顔だった。男らしさの中に甘さが混じる、あまりに素敵な笑顔に、小鈴の心臓はますます高鳴った。

「それにしても、おれはなぜ知らない歌を歌えたのでしょうか」

高揚した気分のまま尋ねる。

「ここに立つと、風子は知らない歌でも歌えるのですか？」

「それは……」

雅風は笑顔を消し、くるりと背中を向けてしまった。

「朝餉の用意をしてある。下りよう」

聞いてはならないことだったらしい。小鈴も笑顔を消し「はい」と雅風の後についた。


神は人ではない。だから食事をとることはないのだろうと勝手に想像していたのだが、瑞風国へ来てみて、それは半分正解で半分間違いであることがわかった。

雅風も豆風も、ほとんど食事をしない。食事が生命の維持に必須ではないからだ。しかし食べ物を口にできないというわけではない。各地の神社や祠に捧げられる供え物は、神たちの心の潤いになっているらしい。

昨夜、膳の上に所狭しと並べられた見たこともないような料理の数々に、小鈴は目を丸くした。甘辛く煮つけた川魚を白飯と一緒に口に運んだ瞬間、本当にほっぺたが落っこちたと思ったほどだ。昨日まで、恵塊が獲ってきた野兎の丸焼きが最高のご馳走だと思っていた小鈴にとって、芋の煮っころがしも、ふんわりと焼いて大根おろしを添えた鶏の卵も、夢の世界のご馳走だった。

あれもこれもと夢中でかきこむ小鈴に、向かい側に座った雅風は『慌てなくとも、お代わりはいくらでもある』と呆れた。『それではお言葉に甘えて』と小鈴が白飯をお代わりすると、豆風が張り合うように残っていた飯をかきこみ、『豆風にもお代わりを！』と侍っていた使用人に茶碗を差し出した。その様子を雅風は苦笑交じりに見つめていた。

「ふう、お腹いっぱいだ」

歌った後はお腹が空くだろうと、今朝は昨夜より豪華な膳が用意された。磯の香のする黒い紙のようなものを恐る恐る箸で摘まみ上げる小鈴に、雅風はそれが海藻でこしらえた海苔というものだと教えてくれた。ちょいと醤油を垂らして白飯に巻くと、これもまた天にも昇る美味しさだった。

「こんなに贅沢をして、罰が当たらないかな」

膳が下げられるなり、小鈴は畳にごろりと転がった。腹を叩いてみると、ポンと食べ頃の西瓜のような音がした。

――恵塊にも食べさせてあげたいな……。

恵塊は何をしているのだろう。本当にもう二度と会えないのだろうか。ポンポンポコポコと腹を叩きながらそんなことを考えていると、庭の方から足音が聞こえてきた。

「風子の正体は、狸だったのか」

慌てて起き上がると、縁側の向こうに豆風が眉を顰めて立っていた。

「豆風さま。おはようございます」

「ちっとも早うないわ。豆風はすでに半時も風術の稽古をしてきたのだぞ。風の神は狸と違って、食って寝て腹鼓を打っていればよいというわけではないのだ」

豆風は、朝餉の席にいなかった。昨夜小鈴と張り合って食べ過ぎて、夜中に腹を下したのだと、今朝雅風が教えてくれた。機嫌が悪いのはそのせいだろうか。

「ご精が出ますね」

「一日も早く、兄さまを支えられるようになりたいからな」

「立派なお心がけですね」

機嫌を取ろうとしたわけでない。小鈴が八つの時など、まだ時折寝小便をしていた。本心から褒められたとわかったのか、豆風の表情がほんの少し緩んだ。

「実はな、さっき、ようやく風を起こせるようになった」

「本当ですか？」

「ああ。兄さまも八つの折に、初めて風を起こしたそうだ」

大好きな兄と肩を並べられたことが嬉しくてたまらないのだろう、豆風は小鼻をひくひくさせている。

――ちょっと生意気だけど、素直で可愛いな。

小鈴は思わずほっこりとしてしまった。

「雅風さまも喜んでくださるでしょうね」

「どうしても見たいというなら、兄さまより先に見せてやらんでもないぞ」

小鈴は笑いを噛み殺しながら、「ぜひとも拝見したいです」と身を乗り出してみせた。

「仕方がない。特別だぞ」

そう言って豆風は、胸の前で両手を合わせ、深く息を吸い込むと、「えいっ」というかけ声とともに両手を勢いよく前方に突き出した。すると地面に小さな風の渦ができた……ような気がしたが、すぐに消えてしまった。

「おかしいな。さっきはもっともーっと、今の何倍も大きな渦ができたのだが」

あからさまに意気消沈する豆風に、小鈴は首を振った。

「十分に素晴らしいです。風の神が風を起こす瞬間を、おれ、初めて見ました」

「そうなのか」

「ええ。とっても感動しました」

豆風はまんざらでもない顔で、「次はもちっと大きいのを作ってやろう」と胸を張った。

「時に、小鈴は風子のくせに剣の腕が立つと聞いたがまことか」

「腕が立つというほどのものではありません」

「しかし熊のように大きな野盗と、木の枝一本で闘ったそうではないか」

昨日雅風から聞き及んだのだろう、豆風は興味津々の顔つきだ。闘ったのは事実だが、雅風が助けてくれなければ、今頃神の国ではなくあの世に送られていた。

「小鈴、勝負だ」

「え？」

「風術の方は今少し修業が必要だが、剣術なら自信がある」

「豆風さまは、剣術の稽古もされているのですか」

「いかにも」

豆風は「少し待っていろ」と言うなり駆け出し、広い庭の奥へと続く小道に消えた。しばらくして駆け戻ってきた豆風の手には、竹刀のようなものが二本握られている。そのうちの一本を無言で小鈴に差し出した。

「この竹刀で、日々稽古に励んでいらっしゃるのですね」

「た、たまに、気が向いた時にな」

どうやら「励んで」はいないらしい。小鈴は竹刀を受け取ると、縁側から庭へと下りた。

豆風の力量は測りかねるが、年下だからと手を抜くことは失礼に当たるような気がした。

「では勝負、受けて立ちましょう」

「よし、いくぞ！　やあっ！」

なんと豆風は構えることもせず、振り向きざまに斜め後方から打ちかかってきた。

「っ！」

小鈴は竹刀が肩に当たる直前に、すいっと身体をかわした。勢いづいていた豆風の身体は前方へと転がる。慌てて立ち上がろうとした豆風の額に、小鈴は竹刀の先をすっと突きつけた。豆風がぺたんと尻餅をつく。

「勝負ありましたね」

豆風は悔しさを隠そうともせず、ぎりっと歯を鳴らした。

「かわすとは卑怯な」

「卑怯ではありません。今の動きは、一寸の見切り、二寸のひらきと言います」

相手の太刀が当たらんとする一寸のところで身体をかわすことを、一寸の見切りという。人の頭の幅は大抵四、五寸程度であるから、ほんの二寸身体をずらせば相手の太刀をかわすことができる。それが二寸のひらきだ。

村の道場の先生がいつも子供たちに教えていた、どこかの偉い剣術家の心得だ。しかし豆風は小鈴が編み出した技だと思い込んだらしく、あきらかに今までとは違う目で小鈴を見上げていた。

「小鈴の強さはよーくわかった。それにしても兄さま以外の者に負けたことなど一度もないこの豆風を、いとも簡単に……」

言いかけて、豆風は「嘘はよくないな」と首を振った。そして本当はこれまで数度しか竹刀を握ったことがなく、雅風には歯牙にもかけられないのだと恥ずかしそうに告白した。

「小鈴、豆風一生のお願いだ。剣術の師匠になってくれないか」

「え？　師匠ですか？」

「それとも弟子は取らない主義か？」

「いや、そういうことではなくて」

豆風よりはいくらか上手だが、他人に教えられるほどの腕ではない。どう説得しようかと苦慮する小鈴を、豆風は祈るような瞳で見上げていた。

『あれの元気は、寂しさの裏返しなのだ』

雅風の声が蘇る。相手になってやってほしいと頼まれていたことを思い出した。

小鈴は尻餅をついたままの豆風に、すっと手を差し伸べた。

「では最初に教えます。相手が構える前に打ちかかるのは、剣術の心得に反します。次からは気をつけてくださいね」

次、と聞いて豆風がぱあっと破顔した。

「わかった。次からは正々堂々と勝負する！」

正々堂々としていない自覚はあったらしい。笑いをこらえながら豆風の尻の砂を払ってやっていると、門の方から足音が聞こえてきた。

「あ、兄さまだ！　お帰りなさい！」

弾けるようなその声に、小鈴はハッと顔を上げた。

「豆風、竹刀で遊んではいけないと言いつけてあったはずだぞ？」

「違うのです、兄さま。豆風は本日この時より、小鈴の弟子になったのです」

「弟子？」

雅風がちらりと視線をよこす。小鈴は事の経緯を簡単に説明した。

「そういうことか。何やら庭が騒がしいと思ったが、楽しくやっているならそれでいい」

ふたりが喧嘩（けんか）でもしているのかと、心配になって駆けつけてきたらしい。事情がわかると雅風は元来た方へ帰ろうとした。その背中に、豆風が縋（すが）る。

「待ってください兄さま。豆風は腹が空きました。あれを食べとうございます」

豆風は甘えるように雅風の着物の袖（そで）をツンと引っ張る。雅風は「私は忙しいのだぞ」とため息をつきながらも、目元を緩ませている。弟が可愛くて仕方がないのだろう。

「今日はあまり飛んでいないな」

雅風が空を見上げた。

「ほんの少しでいいですから。あ、ほらあそこを見てください。小さいのが飛んでいます」

豆風が上空を指さす。ふたりの視線を追うと、遥（はる）か頭上に大き目の綿毛のような白い塊が、ふわふわといくつか浮かんでいるのが見えた。

――なんだろう？

「仕方のないやつだな」

雅風が胸のあたりで両手を合わせた。先刻の豆風と同じ構えだが、その後が違った。雅風は合わせた両手を解く（ほど）と、右手を上に、左手を下に突き出し、息を大きく吸いながら両手を交差させるようにゆっくりと回転させた。何か大きなものをかき集めるような動きだ。

「あ、来た！」

豆風が嬉しそうに叫ぶ。ふたたび上空を見上げると、白い塊がこちらに向かって集まってくるのが見えた。手の届くところまで近づいた塊を、雅風はひとつに丸めて豆風に手渡した。

自分の頭ほどもあるその塊に、豆風はやおらがぶりと齧り（かぶ）つく。

「う～ん！　美味しいです。兄さまありがとうございます」

「それは、なんなのですか？」

「そうか。小鈴は知らないのだな。これは雲菓子といってな、空に浮かんでいるおやつだ。ほっぺたが落ちるほど甘くて美味（うま）いのだ」

「豆風は雲菓子が大好物なんだ」

そう言うと、雅風は白い塊をひとつかみちぎり、小鈴の胸先に「ん」と突きつけた。

「お前も食ってみろ」

「……え」

「いいから黙って食え」

「はい、それでは」

恐る恐る雲菓子を口にした小鈴は、思わず大きく目を見開いた。

「美味しい！」

脳まで蕩けそうな甘さが口いっぱいに広がる。村の飴売りから買う飴より、何倍も何十倍も美味しかった。

「ふわふわが、舌の上でしゅわ～っと溶けるのがたまりませんね」

身を捩って感動を伝えると、ほとんど表情を変えない雅風の目元に、柔らかな笑みが浮かんだ。その優しい笑顔に、心臓がトクンと小さく跳ねる。

――いつも素敵だけど、笑った顔は一層素敵だな……。

「だろう？　雲菓子の旬は春なのだ。だから今時期はあまり採れない。豆風も三日ぶりに口にできたのだ。心して食べるのだぞ、小鈴」

まるで自分が集めたかのように、豆風がしかつめらしく語る。雅風はもう一度雲菓子を千切り、小鈴に差し出した。さっきのより大分大きい。

「気に入ったのならいくらでも食え」

ぶっきらぼうな言い方に、口の周りを雲菓子だらけにした豆風が嘆息した。

「兄さま、またそのようなつっけんどんな物言いを……。直した方がいいと、いつも豆風が申し上げているではありませんか」

「うん？」

「そのような物言いばかりなさるから、女神に嫌われるのですよ？」

大人びた口調に、雅風は「なんだと?」と小さく目を剝いた。

「私は女神たちに嫌われているのか?」

「やっぱりお気づきでないのですね。嘆かわしい」

豆風がやれやれと肩を竦めた。

「兄さまほど見目麗しいお姿の男神を、豆風は他に知りません。それなのに今ひとつ女神に人気がないのは、その氷のように冷たい物言いのせいではないかと、豆風は常々考えております」

「常々考えているのか」

「はい。女神たちは兄さまのお姿を見かけると、遠巻きにして『きゃっ』とか『素敵』とか頬を赤らめるのですが、それ以上に発展しません。兄さまの物言いが、あまりにも冷たすぎるからです」

『一度でいいから雅風さまとお話ししてみたいわ』

『およしなさいよ』

『あらどうして?』

『雅風さまは、大層な男っぷりだけど、信じられないほど冷たい物言いをされる方だそうよ』

『どんなふうに?』

『以前に、勇気を振り絞って話しかけようと近づいた女神がいたのだけれど、雅風さまったら「そこをどけ、邪魔だ、ぽんぽこ狸」と、血も涙もないおっしゃり方で彼女を追い払われたそうなの』

『まあ、そのようなことを……』

豆風は屋敷の外で、女神たちがそんな話をしているのを耳にしたことがあるのだという。

「兄さま、か弱き女神に対して、本当にそのようなことをおっしゃったのですか？」

さすがに女子（おなご）に向かって「ぽんぽこ狸」はないんじゃないだろうか、小鈴も信じられなかったのだが。

「言った」

雅風はあっさりと認めた。

「本当にぽんぽこ狸のような姿だったのだ。顔も身体つきも」

「本当のことなら、なおさら口に出してはなりません」

「私は嘘が嫌いだ」

「嘘も方便と申します」

豆風がピシャリと言い放った。これではどちらが兄でどちらが弟なのかわからない。

「もうよいだろう。十年も前の話だ」

「言われた方は何十年でも根に持つのです。女神は特に」

「豆風。お前は一体どこでそういった知識を身につけてくるのだ。まさか私に断りなしに、屋敷の外をうろうろしているのではないだろうな」

豆風はぺろりと舌を出した。ばれたか、という顔だ。

「いいか。何度も言っているが、屋敷から勝手に出ることは慎みなさい」

雅風の厳しい口調に、豆風は「はい……」と項垂れた。

「小鈴もだ。ここでは好きに過ごすがいい。しかし屋敷の敷地から勝手に出ることは許さない。誰かが訪ねてきても必ず私を通すように。私の許可なしに会うことは許さない。よいな」

取りつく島もない口調でそう告げると、雅風はくるりと踵を返し去って行ってしまった。

そのうち屋敷の外を散策してみたい。他の風の神たちとも話をして、自分の歌がどれほどの力になっているのか肌で感じてみたい。そんなことを考えていた小鈴は、豆風以上に項垂れた。突然冬の湖のように暗く冷たく変わってしまった雅風の瞳。

——雅風さまは、おれのことが嫌いなのだろうか。

胸の奥がチクリと痛みを覚えた。

「兄さまは心配性なのだ」

雅風の背中が見えなくなると、豆風がひとり言のように呟いた。

「いつまでもおぼこ扱いされてはたまらぬ。カマイタチなど、もういないのに」

カマイタチ。その響きに、なぜかドクンと鼓動が鳴った。

「カマイタチというのは？」

「昔、瑞風国に蔓延っていた妖のことだ」

「妖……」

風の神たちはそれぞれに、様々な妖を式神として使役している。十年以上前のこと、カマイタチは仕えていた風の神を、神同士の諍いによって亡くした。カマイタチは毎夜のたうつほどに悲しみ、相手の神を八つ裂きにして殺した。それだけでは飽き足らず、その捩じれた心の出口を、ひたすら暴れ回ることに求めたのだという。あろうことか何十匹にも分裂し、多くの風の神の命を奪ったというのだから、なんとも恐ろしい話だ。

「雅風さまは、豆風さまがカマイタチに遭遇することを心配なさっているのですね」

「カマイタチなど今はもうおらぬ。亡くなった父さまが根こそぎ退治したのだから」

それでも残党がいるかもしれないと、雅風は弟の身を案じているのだろう。

「八つにもなって、ひとりで屋敷を出られぬなど、あんまりだと思わないか？」

「少々窮屈ですね」

「少々どころではない。小鈴には兄弟はおらぬのか？　両親は息災か？」

「両親はおりません。兄弟は……どうだったんでしょうか。多分いなかったと思います」

「多分？」

小鈴は、自分は八つの頃から恵塊という僧侶と暮らしていたが、それ以前のことをまったく覚えていないのだと正直に話した。

「そうだったのか……」

豆凪はひどく痛ましそうな顔をした。

「小鈴と豆凪は似ておるな」

「……え」

「豆凪も父さまを半年前に亡くした。母さまは生きておるが、別邸で床に伏しておられるので、滅多にお目にはかかれぬ」

豆凪はそう言って、およそ子供らしくない遠い目をした。

「それでも兄さまがいるだけ、豆凪は幸せなのかもしれないな」

大人びた声で呟く豆凪は、少し涙ぐんでいるように見えた。

「豆凪さまは、雅凪さまを尊敬なさっているのですね」

「自慢の兄だ。豆凪もいずれ兄さまのような、皆から頼られる立派な風の神になるつもりだ」

瑞風国の長は、世襲ではないのだと豆凪が教えてくれた。長が亡くなった時点で一番高い能力と人望を持った者が長を継ぐのだという。厳凪の死後、雅凪が長になることに異論を唱えたものは誰もいなかった。それほど雅凪の力は絶大で、なおかつ周囲の信頼も厚かったのだろう。

「ただし」

豆凪は俯けていた頭を上げると、真顔で言った。

「女神に向かってぽんぽこ狸などとは、口が裂けても言わない」

「それが賢明です」

こらえ切れずに小鈴が噴き出すと、つられたように豆風も笑い出した。ふたりでけらけらと笑っているうちに、心に立ち込めかけていた雲が消えていくのがわかった。

雅風があんなに厳しい言い方をしたのも、きっと心配性ゆえのことなのだ。豆風と同じように自分の身も案じてくれているのだ。

そう思うと、胸の奥がじんわりと温かくなるのだった。


屋敷の敷地内では好きに過ごしていいと言われているが、玄関を入ったすぐ脇にある客間と思しきひと部屋にだけは『決して入ってはならない』と言い含められていた。

鍵こそかかっていないが、その扉に手をかけることは、なんとなく躊躇(ためら)われた。部屋の前を通るたびに、どうしたことか胸の奥が、手でぎゅっと摑まれたように苦しくなるのだ。雅風に禁じられていなかったとしても、おそらくそこへ入りたいとは思わなかっただろう。

個室兼寝室として小鈴に与えられたのは、屋敷の一番奥にある十畳ほどの部屋だった。縁側を挟んで庭に面している明るい部屋だ。縁側と反対側には、玄関から最奥(さいおう)の厨(くりや)まで真っ直ぐに長い廊下が貫いている。廊下を挟んだ向かいには豆風の部屋が、さらにその奥には雅風の執務室と寝室が並んでいる。

「広すぎて、なんだか落ち着かないなあ」

廃寺の庫裏に煎餅布団を並べ、恵塊の鼾に辟易しながら寝ていた小鈴にとって、この屋敷は少々立派すぎた。

――恵塊、今頃どうしているかな。

そんなことを考えながら、それでもうつらうつらとしていた深夜、襖がそっと開かれる気配がした。

――誰……？

そろりそろりと忍ばせた足音が近づいてくる。手にしてきたらしき淡い明かりが、枕元で止まった。小鈴は寝入ったふりをしながらしばらく様子を窺っていたが、明かりが遠ざかっていく様子はない。

――まさか、曲者？

小鈴はごくりと唾を飲み、勢いよく布団を剥いで起き上がった。

「何者だ！」

「うわっ！」

暗がりの中に曲者の声が響く。尻餅をついたまま、落としそうになった小さな燭台を慌てて手で押さえるその姿に、小鈴はぽかんと口を開いた。

「雅風さま……？」

「び、びっくりするではないか。そ、そのような大声を出して」

「す、すみません」

びっくりしたのは小鈴の方なのだが、反射的に正座をして謝った。

「心臓が止まったかと思ったぞ」

「申し訳ありませんでした」

よほど驚いたのだろう、雅風は胸を押さえ、ふうっと大きく深呼吸をした。

「どうなさったのですか、こんな夜更けに。あ、もしや見回りですか？」

側近にばかり任せてはおけないと、雅風自ら屋敷を見回っているのだろうか。

「ま、まあ、そんなところだ」

「それはそれは、お疲れさまです」

「ま、万が一にも、お前が曲者にさらわれたりしたら、大変だからな。うん。大変だ」

雅風は視線をうろうろさせながら、なぜかしどろもどろに答えた。なんてありがたいことなのだろうと、小鈴は素直に感動を覚えた。

「大丈夫です。怪しい気配はありませんので、雅風さまもどうぞお休みになってください」

「言われずともそうするつもりだ」

雅風はぶすっとした顔で立ち上がった。

「小鈴。次からは、起きている時は、ちゃんと起きているようにふるまえ」

「……はい？」

意味を解せずきょとんと首を傾げると、雅風は苦虫を嚙み潰したような顔になった。

「狸寝入りなどするなということだ」

「狸？」

「ではな」

ぷいっと背を向け、雅風はすたすたと部屋を出て行ってしまった。

「おやすみ……なさい」

不機嫌丸出しの足音が、長い廊下を遠ざかっていく。明かりのなくなった部屋で、小鈴は目を瞬(しばた)かせる。

——雅風さま、なんか怒ってた？

怒られるようなことをした覚えはないのだけれど。

——狸寝入りって、なんだろう？

腹を出して寝ていたわけでもないのに。昼間のことといい、雅風はよくよく狸が嫌いなのだろうか？　というか雅風はこんな真夜中に、毎日見回りをしているのだろうか？

「雅風さまは、本当に心配性なんだな」

豆風の言っていた通りだ。

布団の上でますます深く首を傾げたら、ふああと大きな欠伸(あくび)が出た。事情はよくわからないけれど、雅風が自分の身を案じてくれていることはわかった。小鈴は暗がりの中でむふっと微笑みを浮かべ、ふかふかの布団の中に潜り込んだのだった。

それから毎朝、風の塔のてっぺんに上り歌を歌った。雅風が一緒に上ってくれたのは初日だけで、翌日からは小鈴ひとりで上った。大きな窓から顔を出すとやっぱり足が竦みそうになるけれど、塔の真下で雅風が見守っていてくれるので、徐々に恐怖心は薄らいでいった。

「豆風さま、どこへ行ってしまったんだろう」

歌の後、朝餉を終えると、豆風に剣術の稽古をつけるのが日課だった。ところがこの朝に限って豆風の姿が見当たらなかった。

「どこへ行っちゃったんだろう」

いつもは小鈴が朝餉を終えるのが待ち切れず、急かすように庭で素振りを始めるのに。

「豆風さま～、どちらですか～」

屋敷中探してみたがどこにもいない。もしやと外へ出てみると、庭の奥へと続く小道の突き当たりに白壁に黒瓦の載った、大きな土蔵が見えてきた。重厚そうなその蔵の扉の、片側が半分ほど開かれている。

――蔵にいたのか。

小鈴はゆっくりと扉に近づいていった。

「豆……」

「蔵に勝手に入ってはならないと、何度言ったらわかるんだ」

その声に、かけようとした言葉を呑み込んだ。

――雅風さまも一緒だったのか。

小鈴は開いた扉の陰で足を止めた。

「申し訳ありません。もう少し強そうな竹刀がないかと思って」

「技の拙(つたな)さを、竹刀で補おうという魂胆か」

「そ、そのようなことは決してっ」

豆風の慌てた声に、雅風の微(かす)かな笑いが重なる。本当に仲のいい兄弟だと微笑ましくなったのだが。

「豆風、後ろに何を隠している」

「えっ」

「見せなさい」

「あっ！」

豆風が慌てた声を上げた時だ。チリン、と鈴のような音がした。

その音が鼓膜に届いた瞬間、小鈴は急に気分が悪くなった。ひどい目眩と耳鳴りがして立っていることができず、冷や汗をかきながら扉の陰に蹲った。

――どうしたんだろう。

何が起こったのかわからないまま、小鈴は浅い呼吸を繰り返す。わけもわからずぼろぼろと涙が零れ落ちた。

「なぜ断りもなく風鈴の箱を開けた」

「……申し訳ありません。何が入っているのだろうと思って開けてみたら、びっくりするほど美しい風鈴がたくさん入っていたので、つい」

「勝手に持ち出そうとしたのだな？　まったく、油断も隙もあったものではないな」

「申し訳ありません……」

豆風がもう一度、さらにしおれた声で呟く。先刻のチリンは、豆風の隠し持っていた風鈴を雅風が取り上げた音だったらしい。

「しかし兄さま、これほどたくさんの風鈴があるのに、なぜしまったままひとつもお出しにならないのですか？　見た目も音色も美しい風鈴が、いくつもいくつも。出さないのはもったいないと思いませんか？」

「美しかろうとたくさんあろうと、風鈴は出さない」

耳鳴りの向こうで聞こえた雅風の返事は、まったく答えになっていなかった。そう思った

のは豆風も同じだったらしい。

「なぜなのですか？　この屋敷はその昔、風鈴屋敷と呼ばれていたそうではないですか。だからこんなにたくさんの風鈴がしまってあるのではないですか？」

「豆風。お前は屋敷の外で、ろくでもない情報ばかり耳に入れてくるな」

雅風が大きなため息をついた。

「意地悪で言っているのではない。風鈴を出さないのは、母上がお嫌いだからだ」

「え、母さまが？」

「ああそうだ」

「母さまは、風鈴の音を嫌っておられるのですか？」

豆風が驚きに声を裏返す。小鈴も同じ気持ちだった。

風鈴の音に癒しを覚えるという話はよく聞くが、その音色が嫌いだという者に出会ったことは一度もない。

——風漣さまとは、一体どんなお方なんだろう。

床に伏しがちだという彼女に、小鈴はまだ挨拶（あいさつ）すら許されていない。

「ああ。だからこうしてしまったままにしておくのだ。決して出してはならない。よいな」

「……はい。でも」

「でも？」

「小鈴にそっと見せるくらいはいいですよね？　小鈴にも、ぜひ風鈴の音を聞かせてやりたいと」

――豆風さま。

その優しい気持ちにほっこりしかけた小鈴だが、雅風の大きな声にびくりと身を竦めた。

「だめだ！　風鈴を持ち出すことはまかりならん」

「では小鈴をここへ連れてきて――」

「しつこいぞ。ならんと言ったらならんのだ」

「兄さま……」

「いいか豆風。小鈴に風鈴を見せることはまかりならん。風鈴の話をすることも、この蔵に風鈴が保管されていることも、一切話してはならない。よいな」

聞いている小鈴の胸が痛むほど、容赦のない口調だった。納得できなかったのだろう、しばらくの沈黙の後、豆風がぼそりと呟いた。

「兄さまは、小鈴のことがお嫌いなのですか？」

問い詰めるような豆風の声に、雅風は即答しなかった。

「……そんなことはない」

揺らぐ声色に、胸の奥が鋭い痛みを覚える。

「小鈴は八つより以前のことを、何も覚えていないそうなのです」

「……そうらしいな」

「小鈴は十六ですよね？　風子は七つの年から瑞風国に上がる決まりと聞いております。もしかして小鈴は、幼い頃にもここへ来ていて、忘れてしまっているだけなのでは――」

「いい加減にしなさい」

力で押さえつけるような声に、豆風は黙り込んだ。

「忘れていたことを思い出すことが、幸せに繋がるとは限らない。忘れたままの方がよいこともあるのだ。お前は余計な詮索をせず、風術と剣術の稽古に励みなさい。それから今度勝手に蔵に入ったら、きつい仕置きをするぞ。わかったな」

豆風がどんな顔をしているのか、小鈴には目に見えるような気がした。「はい」と小さな返事が聞こえた後、ふたりが蔵から出てきた。

扉の陰に蹲る小鈴の姿には気づかず、並んで屋敷の方へと歩いて行ってしまった。小鈴はよろよろと立ち上がり、ふたりとは別の小道から屋敷へと急いだ。

――なんだったんだろう、今の……。

目眩と耳鳴りはだいぶ収まっていた。涙も止まっていたが、ひどく混乱していた。

チリンという風鈴の音を耳にした途端、心臓を鷲摑みにされたような苦しさに襲われた。

恵風寺には風鈴などなかった。思えば風鈴の音を聞くのは生まれて初めてかもしれない。

それなのになぜだろう、風鈴がどんなものなのかを、その色や形を、鮮明に思い浮かべることができた。音を聞いた途端、それが風鈴の音だとわかった。

――どこで聞いたのだろう。一体いつ……。

もしかして自分は豆風が言うように、幼い頃ここへ上がってきたことがあるのかもしれない。風子なのだから、そう考えるのは自然なことだ。

それならなぜ何も覚えていないのだろう。なぜ雅風は何も語ってくれないのだろう。

一体何があったというのだろう。

――一体、おれは……。

「め――――んっ！」

「うわっ」

「やったぞ！　小鈴から一本取ったぞ！」

豆風が竹刀を天に向かって突き上げた。考え事をしていたせいで、強かに面を打たれてしまった。

「痛たた……」

「大丈夫か、小鈴」

無様に尻餅をついた小鈴に、豆風が手を伸ばす。

「さすが豆風さま、上達が早いですね」

お世辞ではなかったのに、豆風は不満そうだった。

「手を抜いてもらって勝っても、嬉しくはない」

「手を抜いていたわけではありません。ぼんやりしてしまって……おれの負けです」

「次は必ず、ぼんやりしていない小鈴から一本取るぞ——あぁ、こぶができているな」

言われて額に手をやると、ぽっこりとこぶができていた。道場の子供たちが使っている竹刀によく似ているが、素材は竹刀よりいくらか硬いのかもしれない。防具もない上に、豆風はいつでも真剣で全力だ。

「痛かったろう。すまなかった」

「これくらい平気ですよ」

「手当をしよう」

「大丈夫。放っておけば治ります」

にっこりしてみせると、豆風は安堵（あんど）したように微笑んだ。

「なあ小鈴。剣術に一番大切なものはなんだ。心得のようなものがあれば教えてくれ」

心得を語るほどの腕ではありません。そう答えようとした小鈴を、豆風が真っ直ぐに見つめていた。その目はもっともっと強くなりたいと訴えている。

「そうですねぇ」

小鈴はこほんと小さく咳払（せきばら）いをする。

「型なんてものはどうでもいいんです。剣に大切なのは力。そして疾さです。小手先の技で斬ろうとすれば、逆に斬られます」

まるごと恵塊の受け売りだったのだが、豆風は「おおお」と目を見開き、神でも崇めるような尊敬の眼差しを小鈴に向けた。神は豆風の方なのに。

「心得たぞ、小鈴。明日からその言葉を肝に銘じて精進する」

小鈴はちょっぴり恥ずかしくなって、指で鼻の頭を掻いた。

「そうだ。こぶのお詫びと、心得を教えてくれた礼に、歌を歌ってやろう」

「豆風さまがですか？」

「ああ。毎朝小鈴の歌を聞くうち、覚えてしまったのだ」

そう言うと豆風は、ひょいと縁側に飛び乗り、歌い出した。

わたぐも　はこぶ　あおきかぜ
いなほ　ゆらす　こがねのかぜ

ところどころ調子が外れていたが、少年らしい透き通った声はとても愛らしい。

小鈴は思わず表情を緩めた。

あたまの　かぜの　ふところで

とんびは　そらに　くるりとな

「あまた」が「あたま」になっているところはご愛敬だ。

「とてもお上手ですね。こぶが引っ込んだ気がします」

パチパチと拍手をすると、豆風は照れを隠すように勢いよく縁側に腰を下ろした。

「兄さまは『お前の歌は調子っぱずれだ』と、いつも馬鹿にするのだ」

「そんなことを？」

――まったく雅風さまは……。

正直すぎる美丈夫の顔が浮かび、小鈴はクスッと小さく笑った。

「そのくせ兄さまは、どんなに頼んでも決して歌ってくれぬ。きっと豆風より歌が下手だからだと思うのだ。弟に歌で負かされては沽券にかかわると思っているのだ」

そんなわけないと思ったけれど、ここはひとつ同意してみせる。

「きっとその通りだと思います」

「ああ見えて兄さまは、悔しがりなところがあるゆえ」

「わかるような気がします」

これは本音だ。ふたりで額を近づけ、クスクスと笑い合った。

「小鈴が来てくれて、豆風は嬉しい」

「おれも、豆風さまと出会えてとても嬉しいです」

ふと、雅風はどうなのだろうと思った。

『大事はないか』

出会った日の腕の逞しさが蘇り、胸の奥がトクンと小さく鳴る。

七つの年からここへ上がるはずの風子。それなのになぜ自分は、十六になるまで朱鷺風の廃寺で恵塊と暮らしていたのだろう。なぜ今になって、雅風は自分を迎えに来たのだろう。

「小鈴、もう一本だ」

豆風がすくっと立ち上がった。

「こぶがあっても手加減はしないぞ」

「望むところです」

心を過るさまざまを振り払うように、小鈴は竹刀を握った。


その夜、宛がわれた寝室でそろそろ休もうかと支度をしていると、襖の外で声がした。

「小鈴、もう休んだか」

雅風の声だった。小鈴は慌てて居住まいを正した。

また狸呼ばわりされてはかなわないので、大きめの声で返事をした。

「まだ起きております。どうぞお入りください」

答えを待って、襖が静かに開いた。

「よう」

後ろ手に襖を閉めながら、雅風がにこやかに片手を挙げる。

──よう……？

そういう軽々しい挨拶をする人だっただろうか。とってつけたような笑顔に、小鈴は目を瞬かせる。

──雅風さま、なんか……変？

戸惑いを隠せない小鈴に、雅風は口角を上げたまま「どうした」と尋ねた。

「いえ……なんでもありません」

雅風は小鈴の正面に腰を下ろす。

「これをお前に」

そう言って、やはり貼りつけたような笑顔で、手にしていた白い塊を差し出した。

「わあ、大きな雲菓子ですね」

「こぶを作ったと聞いたからな。見舞いだ」

今は節ではないと豆風が言っていた。これほど大きな塊にするまで、どれほど時間がかかっただろう。

「ありがとうございます」

自分を見舞うために一生懸命集めてくれたのだと思ったら、嬉しくて頬が熱くなった。

「豆風には内緒だぞ。知れたら大ごとだ」

悪戯小僧のように笑う。今まで見たことのない表情の連続に、小鈴は大いに戸惑う。

「どうした。食欲がないのか」

「いえ、そうではないのですが」

「ならばどうして食わない」

貼りつけた笑顔の奥に、不満の色が浮かぶ。やはり何か変だ。

「あの……」

「なんだ」

「今宵の雅風さまは、おれの知っている雅風さまと、ちょっと違うような……」

上目遣いにおずおずと見上げると、雅風はその黒い瞳を揺らし、大きなため息をひとつついた。

「やはり無理のようだ」

「え？」

「いやな。ぶすっとしていると嫌われると、豆風に諭されたからな。愛想よくしてみようと試みたのだが、私には無理だった」

いつもの口調に戻った雅風は、そう言って頭をガシガシと掻いた。

——豆風さまに言われたこと、気にしていたんだ。

驚きと可笑しさが同時に込み上げてきて、思わずクスッと笑ってしまった。

「何が可笑しい」

拗ねたようにじろりと睨まれたけれど、ちっとも怖くなかった。

「どうせ私に笑顔は似合わないと思っているのだろう」

「そんなことはありません」

「別に、女神たちにちやほやされたいと思っているわけではない」

「わかっています」

「いや、わかっていない」

「え？」

「私は女神ではなくお前に——」

雅風は惑うように言葉を切った。

——おれに？

続く言葉を待つ小鈴の額に、雅風の視線が注がれる。

「まだ腫れているな」

今の今まで忘れていたのに、こぶがずくんと甘い痛みを覚えた。

「痛かっただろう」

甘さを帯びた声で囁きながら、雅風がそっと手を伸ばす。指先がこぶに触れる直前で、小鈴はびくりと身を引いてしまった。触れられるのが嫌だったわけではない。むしろその長い指で触れてほしいとさえ――。

――おれは何を考えているのだ。

雅風は小鈴の仕草を拒絶と取ったらしく、すっと手を引いてしまった。

「すまない……」

弟が手加減せずにこぶを作ってしまってすまない。不意に触れようとしてすまない。どちらの意味なのかわからないまま、小鈴は俯いたまま小さく首を振った。

沈黙が落ちる。なぜなのだろう、こうして近くにいるだけで胸が苦しくなる。甘さと苦さが混じり合ったような複雑な感情が一体どこから来るのか、小鈴には見当もつかなかった。

「小鈴」

「……はい」

「私が怖いか」

予想外の質問に、小鈴は「え？」と顔を上げる。瞳の奥が暗い翳を帯びている。表情をほとんど変えない代わりに、雅風の瞳は様々な色を持っている。明るい色はすぐに消えてしまう。晴天が長く続かない、朱鷺風の空のように。

「おれは……」

雅風を怖いと感じたことはない。ただ時折こうして仄暗い瞳になることが心配だった。その心の底に何かとんでもなく重いものを抱えているのではないかと。

「雅風さまを怖いなんて、一度も思ったことありません」

ことさら明るく答えると、雅風の瞳がまた小さく揺れた。

「そうか」

「ええ。雅風さまは、あの熊みたいな野盗からおれを助けてくれた、命の恩人ですから」

「恩人……」

呟きながら、雅風はなぜかとても複雑な顔をした。複雑ではあったが、その瞳から重苦しい暗さが消えていて小鈴は少し安堵する。

「あ、雲菓子、食べていいですか？」

「あ、ああ。そのために採ってきたのだ」

「いただきます」

小鈴は大きな口を開け、雲菓子を頬張った。

「う〜ん、おいひい。豆風はまには、ないひょれすね」

食べながらしゃべっていたら、雲菓子が喉に詰まってしまった。

「うぐっ」

「おい、大丈夫か」

雅風が背中を叩いてくれたので、雲菓子はすぐに胃に落ちた。

「ふあ、びっくりした」

「お前は本当にそそっかしいな」

雅風の瞳に、懐かしさが滲（にじ）んでいるように感じたのは、気のせいだろうか。

不意にチリン、と耳の奥で、風鈴の音が聞こえた気がした。途端に、意味のわからない不安が黒雲のように膨れ上がっていく。

——まただ。一体何なんだろう、この気持ち……。

昼間と同じ得体の知れない不安の沼に沈みそうになった小鈴を、救い上げてくれたのは雅風だった。

「大丈夫か、小鈴」

その声に、たちまち黒雲が消えた。

「何も案ずることはない。これからはいつも私が傍（そば）にいる。風子に生まれてよかったと、いつか必ず思うようになる。だからそのような不安な顔をしなくてもよい」

「……はい」

小鈴はこくりと頷いた。

頭にポン、と雅風の手のひらが載る。今度は逃げたりしなかった。

「春になれば、そこいらじゅうに雲菓子が、ふわふわとたくさん飛ぶようになる」

「そこいらじゅうにですか」

「ああ。豆風のような未熟な風術でも、山ほど雲菓子が採れる」

「山ほど……」

「手を伸ばせば届く場所にも飛ぶ。食べ放題だ」

「食べ放題！」

小鈴はぱっと破顔した。

「おれにも採れますか？」

「慣れれば風術を使わずとも簡単に採れる」

「うわあ、早く春にならないかなあ」

豆風とふたりで雲菓子を頬張るところを想像すると、むふっと頬が緩んでしまう。

「お前は、そんな華奢な身体をして、本当に食い意地が張っているな」

えへへっと照れ笑いしながらまた雲菓子を頬張ると、雅風は「まったく」と呆れたように苦笑した。向けられた優しい瞳に、小鈴の不安は完全に霧消した。

「小鈴、何か歌ってくれないか」

「ここでですか？」

「ああ。私だけのために」

——雅風さまだけのために。

胸が高鳴る。

「何がいいですか？　と言っても、持ち歌がほとんどなくて……」

「なんでもよいが、そうだな、お前がいつも寺の庭掃きをしながら歌っていたわらべ歌を――」

言いかけて、雅風はしまったというように口を噤んだ。小鈴は驚きに目を見開く。

「雅風さま、もしや寺を覗いていらっしゃったんですか？」

考えてみれば当然だ。雅風は瑞風国の長。そして小鈴は風子。

自分が雅風のことを知らなかっただけで、雅風の方はずっと以前から小鈴のことを知っていたのかもしれない。

「覗いていたわけではない。お前の歌声は、たとえ口ずさむだけでもこの国に届くのだ」

「そうだったのですね」

それでも小鈴は嬉しかった。知らないうちに、雅風に歌声が届いていたなんて。

――雅風さまと繋がっていたなんて。

庭掃きの時だけでなく、もっともっと歌っていればよかった。

小鈴はわらべ歌を歌う。

静かに耳を傾ける雅風の穏やかな表情に、ひっそりと胸をときめかせながら。

穏やかな日々が続いた。

朝一番に風の塔に上り、歌を歌う。朝餉が終わる頃に豆風がやってきて剣術の稽古をしたり、風術の稽古を見学したりする。屋敷の外に出ることは許されなかったが、退屈することはなかった。

「小鈴!」

淡々とした毎日に刺激を与えてくれる、小さな風の神がいるからだ。

「小鈴! 小鈴はいるか!」

まったりとした午後の静寂を、甲高い声が遠慮なく破る。

「はいはい、ここにいますよ」

障子扉を開いて縁側に出ると、庭先に顔を上気させた豆風が立っていた。大事件の報告にでも来たように、汗を垂らし息を弾ませているが、毎度のことなので小鈴は慌てない。

「どうなさいました、豆風さま」

「聞け小鈴、豆風はついに身体を浮かすことができた!」

「本当ですか?」

つい数日前まで、ほんの小さな風の渦を作ることがやっとだったのに。目覚ましい成長ぶりは持って生まれた能力のせいか、日々の努力のたまものか。おそらくその両方なのだろうと小鈴は思っている。

「とはいえほんの三寸ほどだ。兄さまのように、風に乗るというところにはほど遠い」

「それでも素晴らしいです」

「兄さまが初めて身体を浮かせられるようになったのは、九つの時と聞いている。豆風はまだ辛うじて八つゆえ、豆風の勝ちだ」

大好きな兄への尊敬も熱烈な羨望も競争意識も、豆風は何ひとつ隠そうとしない。いっそ清々しい気持ちになる。

「今日は疲れてしまったから、明日一番に見せてやろう」

「楽しみにしています」

豆風はいつものように縁側に腰を下ろす。

「そうそう、昼前に久しぶりに屋敷の外へ出てみたのだがな」

小鈴は「えっ」と声を上げた。屋敷から勝手に出てはいけないと、雅風にあれほどきつく言いつけられているというのに。

雅風は今朝、雷の神の国・轟雷国の長と、定例の話し合いに出かけていった。風子が戻ってきたことで朱鷺風一帯の天候は安定してきたが、それでも雷の神や大地の神など、自然を司る他の神々との交渉は不可欠なのだという。神々の力の均衡が崩れれば、やはり人間や動物たち下界の生き物が害を被(こうむ)ることになるからだ。

夕刻までには戻ると言っていたから、そろそろ帰宅する頃だろう。

「雅風さまに知れたら叱(しか)られますよ」

「だからこうして急いで帰ってきたのだ」

悪びれない様子でニヤリとする悪戯小僧に、小鈴は苦笑するしかなかった。なんでも門を通らずに屋敷から出られる秘密の抜け道があるのだという。

「兄さまや側近たちには決して通れぬ細い穴なのだ。小鈴は十六だが、痩せっぽっちだからきっと通り抜けられるはずだ。今度こっそり教えてやろう」

いかにも楽しげに囁く豆風に、恵塊の目を盗んで村へと出かけていた自分が重なり、窘(とが)める気が失(う)せてしまった。懐かしさが込み上げてくる。

「屋敷の外が、びっくりするほど活気づいていた」

「そうなのですか」

「そうなのですかとはなんだ。お前のおかげなのだぞ？」

え？　と小鈴は小首を傾げる。

「え？　ではない。毎朝お前が歌ってくれる歌に、みな力をもらっているのだ」

「ああ、なるほど」

そういうことかと小鈴は時間差で嬉しくなる。

「まったくお前は、一体なんのためにここへやってきたのだ。風子の自覚をもっとしっかり持ってもらわないと困るぞ」

ごもっともですと、小鈴は頭を掻いた。

「豆風は毎年この時期になると鼻風邪をひくのだがな、今年はこの通り、くしゃみのひとつも出ぬ。元気もりもりだ」

「それは何よりですね」

雅風はどうだろう。豆風と同じように喜んでくれているだろうか。過った思いは、なんだか恥ずかしくて口には出せなかった。

「みんな大喜びだ。風子が戻ってきてくれたおかげだとな」

一瞬、小鈴は小さく息を止めた。

「朱鷺風も、ここ数日秋晴れが続いているそうだぞ。すべて小鈴のおかげだ」

「……そうですか」

上機嫌で小鈴の反応を窺う豆風は、気づいていない。

戻ってきた。

それはすなわち、小鈴が以前にも瑞風国へ上がっていたことに他ならない。

――やっぱりそうだったんだ。

風鈴の音を聞いた時からずっと考えていた。やはり自分はその昔、記憶のない幼い頃にここへ上がっていたのではないだろうか。

恵塊と暮らし始めた頃の記憶は曖昧だが、八つになったばかりの頃と聞かされている。風子がここへ上がるのは七つになった年から。つまり七つの年のおよそ一年間、自分は風子として瑞風国へ上がっていたのではないだろうか。

――なぜ何も思い出せないのだろう。

思い出そうとすると、ひどい頭痛と耳鳴りに襲われる。

「どうした小鈴、嬉しくないのか？　豆風は小鈴が褒められるのを聞くと、胸がうずうずするほど嬉しいぞ？」

無邪気に微笑む豆風に、心配をかけてはいけない。

「みなさんのお役に立てて嬉しいです。けど、豆風さまがそんなふうに思ってくださることが、一番嬉しいです」

懸命の笑顔で答えた時だ。門の方からざわざわと騒がしい声が聞こえてきた。

「お客さまでしょうか」

雅風の留守に訪ねてきた客人は、門番に「出直すように」と帰されるはずだ。近づいてくる声に耳を澄ましていた豆風が、すっと表情を変えた。

「母さまだ」

「え？」

――風漣さまが？

小鈴が立ち上がるのと同時に、五、六人の集団が現れた。

「母さま！」

豆風が中央を歩く女神に駆け寄る。左右にさっとよけた男神は、彼女の側近なのだろう。

小鈴は縁側から下りると、素早くその場に正座をした。

「ご無沙汰しております、母さま。ご機嫌はいかがですか？」

「今日はいくらか加減がよいので、あなたの顔を見に出てきました」

顔を見に来たと聞いて、豆風の顔がパッと明るくなる。

「久しぶりですね、豆風……また少し背が伸びましたね」

息子の頭を愛おしそうに撫でる風漣は、抜けるような白い肌の美しい女神だった。気品の溢れる涼やかな目元や、意思の強そうな口元は、豆風によく似ている。もちろん雅風にも。

「母さま、豆風は風術の稽古を毎日頑張っております。先ほどついに、身体を浮かせることができるようになったのです」

「そうですか。それは立派ですね。精進するのですよ」

意気揚々と話す豆風に小さく頷くと、風漣はそのままゆっくりと視線をこちらに向けた。

小鈴は反射的に深々と頭を下げる。

「時に、雅風が朱鷺風から連れてきたという風子は、そなたか？」

両手と額を地面に押し当てたまま、小鈴は「はい」と答えた。

「名をなんと申す」

「小鈴と申します」

「小鈴……」

出会った日、雅風とも同じようなやり取りをしたことを思い出した。

「面を上げなさい、小鈴」

風漣が近づいてくる気配を感じながら、小鈴はゆっくりと頭を上げた。

正面から視線が合ったその瞬間だった。風漣が「ヒッ」と引き攣ったような声を上げた。

ほっそりとした身体が傾ぐのを見て、側近たちが素早く駆け寄る。

「風漣さま！」

「母さま！」

豆風も飛ぶように駆け寄り、母親の身体を支えた。

「そなたは……」

白い顔を一層白くした風漣の声は、何かに怯えるように震えていたが、その目は真っ直ぐ小鈴に向けられていた。

「母さま、どうなさったのです」

豆風が心配そうな声を上げる。

「そなたは……やはり……」

豆風の声など聞こえないように、風漣は、戦慄く細い指で小鈴を指す。

「……凜之介だったのですね」

消え入りそうな声でそう呟くや、風漣がガクリと側近の腕に落ちた。

「風漣さま！」

「母さま！」

あたりが騒然とする中、小鈴はひとり呆然としていた。

――凜之介……。

そなたは。やはり。凜之介。

風漣の声が頭の中にぐわんぐわんと響く。

――おれの名は、凜之介……。

おれは小鈴です！　込み上げてくる叫びは、喉元に詰まって行き場を失う。

――おれは……。

立ち上がろうとした瞬間、これまでにない激しい目眩に襲われ、小鈴はそのまま意識を失った。

どれくらい時間が経ったのだろう。目が覚めると傍らに雅風がいた。どこか痛めたような顔で、布団に横たわる小鈴を見つめていた。

「雅風さま……っぅ……」

起き上がろうとすると、こめかみが鋭く痛んだ。

「無理をするな。そのままでいい」

「いえ、もう大丈夫ですから」

ゆっくりと身体を起こす小鈴の背中を、雅風の逞しい腕が支えてくれた。

「あの、風漣さまは……」

小鈴が気を失う寸前、目の前で風漣が倒れた。

「すぐに落ち着いた。久しぶりに外へ出たので疲れたのだろう」

「そうでしたか……」

外出先から戻った雅風は、騒ぎを聞きつけすぐさま庭に回った。すると朦朧(もうろう)とした風漣が側近に介抱されているのが見えた。慌てて駆けつけると縁側の近くに小鈴が倒れており、傍らでは豆風が泣きじゃくっていたのだという。

「さっき別宅に送り届けてきた。何も心配はいらない」

普段通り淡々と話してはいるが、雅風の表情はひどく硬い。

雅風は知らないのだろうか。倒れる直前、風漣が何を口にしたのか。

——いや、そんなわけない。

あの場にいた豆颪から、一部始終を聞いているはずだ。

「あの、雅颪さま」

「……なんだ」

「おれの本当の名は、凜之介というのですか？」

「…………」

答える代わりに、雅颪は静かに目を閉じた。瞳の揺れを、心の揺れを、悟られまいとするように。

「颪子は七つの年から瑞颪国へ上がると聞きました。もしかするとおれは、その頃にもここへ来ていたのではないですか？」

恵塊と暮らし始める以前のことを、小鈴は何ひとつ覚えていない。記憶を失うきっかけとなった何かが、ここ瑞颪国であったのではないか。風鈴の音を聞いた日から、ずっと考えていた。

雅颪は否定しない。それが答えなのだろう。

「お前がすべてを知りたいというのなら、今ここで話そう」

雅颪がゆっくりと目を開けた。その瞳のあまりの暗さに、小鈴は息を呑む。滅多なことでは変わらない雅颪の表情に、強い苦悩の色が浮かんでいた。

できることなら話したくない、触れたくない、思い出したくない——そんな表情だ。

雅風の胸の内に去来するものが一体どんなものなのか、小鈴には想像すらつかない。ただそれを口にすることが、雅風にひどい苦痛を与えるのだということだけは、はっきりとわかった。小鈴は首を横に振った。

「いえ……知りたくありません」

「小鈴……」

ほんの一瞬、雅風が泣き出しそうな顔をした。胸の奥に覚えた絞られるような痛みをこらえ、小鈴は小さく微笑んだ。

「今、おれはとても幸せです。雅風さまと、豆風さまと、ここで暮らす毎日が楽しいのです。だから昔のことはもういいんです。思い出せなくても……いいんです」

嘘は得意ではない。だから必死に自分に言い聞かせた。

おれは小鈴なのだと。

「雅風さま、そんな怖い顔をしていると、また豆風さまにからかわれますよ？」

「ん？」

「女神に嫌われるって」

笑って茶化すと、雅風はようやく「そうだな」と張りつめていた表情を緩めてくれた。口元に微かな笑みが浮かぶ。

——やっぱり優しい顔が一番素敵だな。

そんなことを考えていると、長い腕が伸びてきていきなり抱きすくめられた。

「が、雅風さまっ？」

「少しだけだ。少しだけ、動かないでいてくれ……」

切なげな囁きが耳朶を掠め、小鈴の心臓は跳ね上がった。

「小鈴」

「……はい」

声の震えに気づかれただろうか。トクトクトクと、鼓膜を叩く鼓動がうるさい。

「これからお前の身に何が起ころうと、案ずることはない。お前は私が守る」

必ず。

腕に一層の力を込め、雅風は囁いた。

――雅風さま……。

この身にこれから一体何が起こるというのだろう。それが何なのか、雅風の目には見えているのだろうか。わかっているのだろうか。

過る不安はしかし、着物越しに伝わってくる体温に溶かされる。優しい手のひらで後頭部を撫でられ、小鈴はうっとりと目を閉じた。

過去など知らない。未来も。

小鈴にわかるのは、今この瞬間が幸せだということだけだ。そしてもうひとつ。

胸に渦巻くとろりとした熱の名が「恋」だと、この夜小鈴は気づいてしまった。

——雅風さまが好きだ。どうしようもなく。

雅風の胸に頬を寄せ、その男らしい匂いを吸い込む。蕩けてしまいそうなほど幸せなのに、込み上げてくるのは甘さだけではない。

好きになってはいけない。心の奥底で誰かが叫んでいる。だけどそんなの、無理だ。

——だってもう、好きになってしまったから。

いつまでも消えない心の声に耳を塞ぐ。

「小鈴、私とこうしているのは、嫌か？」

雅風の腕の中で、小鈴はふるふると頭を振った。

「ずっと……こうしていたいです」

雅風は「そうか」と静かに囁き、さらに強く抱きしめてくれた。

——雅風さま……好きです。大好きです。

溢れる気持ちが口を突きそうになるのを、必死にこらえた。

この時間が永遠に続けばいいのにと、願わずにはいられなかった。

その日も雅風は、朝早くから轟雷国へ出かけていった。目を覚ました時にはもうその姿はなかったが、小鈴はいつも通り風の塔で朝の歌を歌い、朝餉を済ませた。そこへ待っていたように豆風が現れた。

「豆風さま、おはようございます」

「おはよう。けさの調子はどうだ?」

あの日以来、豆風は朝一番に必ず小鈴の体調を聞いてくるようになった。「おかげさまでとてもいいです」と笑顔で答えると、ようやく安心したように背中に隠していた竹刀を二本取り出すのだった。

五日前、風漣の放ったひと言で小鈴は意識を失くした。豆風は傍らで泣きじゃくっていたというが、翌朝顔を合わせても、その件について触れることはなかった。

『昨日はご心配をおかけしました』

『もう大丈夫なのか、小鈴』

『はい。おかげさまでこの通り』

にっこりとした小鈴に、豆風は『よかった』と小さく微笑んだ。風漣の発した『凜之介』という名は豆風の耳にも届いていたはずなのに、それについても何も尋ねることはなく、これまでと同じように「小鈴」と呼んでくれた。

もしかすると雅風から、何か言い含められているのかもしれない。互いに決して話題にはしないものの、雅風だけでなく無邪気の塊だった豆風までが、時折ふと寂しげな表情を見せるようになった。

——おれのせいだ。

胸は痛んだが、剣術の稽古は続けていた。竹刀を交わしている間だけは余計なことを考えずにいられる。豆風も同じ気持ちだったのかもしれない。それに小さな弟子が日に日に腕を上げていくのは、小鈴にとって何よりも嬉しいことだった。

「朱鷺風一帯はこのところ、季節外れの嵐だそうだ」

ひと休みしようと縁側に腰を下ろすと、豆風が汗を拭きながらそんなことを言った。

「……そのようですね」

昨日、厨で使用人たちが話しているのを聞いて心配していたところだった。豆風もどこかで噂話を耳にしたのだろう。

風子が戻ってきたことで、風の神たちは力を取り戻したが、それだけで理想的な天候を保持することができるわけではない。雅風はこのところそろって機嫌の悪い雷の神たちとの話し合いのため、連日のように轟雷国へと出向いている。

『おれの歌の力が弱いからでしょうか』

『そんなことはない。雷の神たちはみな、元来気性が荒いのだ』

嵐が数日続くことは数年に一度必ずある。特段珍しいことではないのだという雅風の言葉に嘘はなさそうだった。

『膝を交えて話し合えば大丈夫。お前は何も案ずるな』

昨夜、雅風はそう言って小鈴の頭を手のひらでわしっと撫でてくれた。大きくて温かい手のひらの感触が、半日経った今もまだ残っている。風の神を癒すのが風子の仕事だというのに、雅風と一緒にいると、小鈴の方が癒しをもらっている気持ちになる。

——雅風さま、早く帰ってこないかな。

まだ昼前なのに恋しくてたまらない。雅風がいてくれれば何が起きてもきっと大丈夫。そんな気さえする。

「もう五日も荒れ続けているらしい」

瑞風国には雨も雪も降らない。古寺での暮らしを思い返しながら、小鈴は「五日もですか」と呟いた。雅風はああ言ってくれたが、本当に大丈夫なのだろうかと不安が込み上げてくる。あれから恵塊はどうしているだろう。酒がなくなったら、自分で村まで買いに行っているのだろうか。

「昨日はとうとう怪我人が出たそうだ」

「本当ですか?」

「ああ。崖崩れが起きて、古寺が潰れて僧侶が下敷きになったと聞いた」

小鈴は思わず「えっ」と目を見開いた。

——恵塊……。

脳裏を過る嫌な想像に、全身がざわりとした。

「それは、なんという寺ですか？」

「寺の名前まではわからないが、とにかくひどい状態で、可哀そうだがおそらく助からないだろうという話だ」

同じ話をあちこちで耳にしたからと、豆風は顔を曇らせた。

「そんな……」

朱鷺風村に、いくつの寺があるのかは知らないけれど、恵風寺ひとつきりということはないだろう。そもそも村の中心部以外は田畑か山なのだから、崩れたのが恵風寺の裏の崖だとは限らない。

——でも……。

万が一恵塊だったらどうしよう。瀕死の状態で誰にも看病されず、潰れた古寺にひとり横たわっているのだとしたら……。

「きっと大丈夫だ。兄さまが頑張っておられるのだから、じきに天候は落ち着く」

「……ええ」

小鈴はぎゅっと唇を嚙みしめた。

「だからそのような暗い顔をするな。小鈴にそのような顔をされると、豆風はどうしてよいのか……」

小鈴は豆風の優しい気遣いに「ありがとうございます」と微笑んだ。

瑞風国に上がる前、小鈴が森の古寺で僧侶と暮らしていたことを豆風は知らない。今ここで話せば、きっと一緒になって心配し、胸を痛めるだろう。

豆風を心配させるのは本意ではない。けれどここでじっとしていることもできない。

「豆風さまに、ひとつお願いがあるんですけど」

「なんだ？　なんなりと申せ」

パッと表情を輝かせる豆風に、心の中で「ごめんなさい」と謝った。

「庭の奥の蔵に、風鈴があるのをご存じですか？」

「小鈴、な、なぜそれを」

豆風が驚きに目を剥いた。

「実は先日こっそり覗いたのです。美しい風鈴がたくさんあって、一度でいいからその音色を聞いてみたいと思っていたのです」

「そうだったのか……しかし」

小鈴にはその存在すら知らせてはならないと、あの日雅風は豆風に言い渡した。眉根を寄せて逡巡（しゅんじゅん）する豆風を見るのは辛（つら）いが、背に腹は代えられない。

「一度だけ。ほんの一度でいいんです」

お願いです、と顔の前で両手を合わせると、豆風は「う～ん、仕方ないな」とため息をついた。

「本当に一度だけだぞ？　蔵の物を外に出してはいけないと、兄さまにきつく言われているのだから」

豆風は庭に飛び降りると、「少し待っていろ」と蔵へ続く小道に消えていった。

――ごめんなさい、豆風さま。

胸は痛むけれど、正直に「ひとりで朱鷺風に戻りたい」と言えば、止められるに決まっている。雅風が戻ってくる前に帰ってくればいいのだ。豆風への言い訳は……その時考えよう。

小鈴はすくっと立ち上がった。

以前に豆風が教えてくれた抜け道は、庭の西端にある。広い屋敷をぐるりと囲う塀の一部に、板が朽ちている箇所があるのだ。大人はとても通れないが、豆風くらいの子供ならするりと通ることができる、外への抜け穴。

『内側は庭木の陰になっているし、外は人気のない裏通りだし』

誰にも気づかれずに外へ出られるのだと、豆風が自慢げに教えてくれた。

――急がないと。

小鈴は地面に腹ばいになり、匍匐(ほふく)前進で塀の穴をなんとかギリギリで通り抜けた。あまり好きではない華奢な身体が、この時ばかりは幸いした。

立ち上がり、着物の土を払う。あたりに人影はなかった。瑞風国に連れてこられた日、雅風と歩いた道のりを思い出しながら、小鈴は森へと急いだ。

不思議なほど迷いはなかった。朱鷺風へ行くのだ。恵塊のところへ。その思いだけに衝き動かされて走った。よくよく考えてみれば、ひとりで瑞風国から出られるとは限らないのに、小鈴にはなぜか根拠のない自信があった。

「待っててね、恵塊」

あの日、雅風とふたりで通った祠の前に立ち、古びた扉を両手で開ける。一瞬で空気が変わるのがわかった。じっとりと湿った風が身体に纏わりつく。朱鷺風は今日も雨らしい。小鈴は大きくひとつ深呼吸をし、そのままそっと目を閉じた。


腹の底に響く遠雷と激しい雨音で、朱鷺風に戻ったのだとわかった。小鈴は一目散に森を駆け下りた。ざあざあと容赦のない雨が、頬に腕に叩きつけられる。こんな雨が何日も続いたら、崖崩れも起きるだろう。

不安で胸が捩れそうになる。途中で履物が脱げそうになるのも構わず、小鈴は息を切らして走った。

ほどなく恵風寺が見えてきた。周囲に崖崩れらしい現場は見当たらず、ひとまず胸を撫で下ろした。急いで裏手に回ると、歪んだ腰高障子の隙間から明かりが漏れているのが見えた。

――よかった……。

どうやら恵塊は無事だったらしい。息を整えながら庫裏に近づこうとした時だ。あたりがパッと明るくなったのと同時に、山が裂けたかと思うような激しい雷鳴が響き渡った。
小鈴は「ひっ！」と反射的に頭を抱える。
その瞬間、いくつも光景や音が、雪崩のように脳内に流れ込んできた。

ねえ父さん、この形はどう？

おお、上手くなったな、凜之介。

幸せそうな笑い声。優しい手のひら。

——おれは……。

風鈴の音。激しい風と雨。雷。
ずぶ濡れのまま倒れてぐったりと動かない人の姿。

父さん！

泣き叫ぶ幼い声。

父さあああああん！


「おれは……」

その時、庫裏の扉が勢いよく開いた。

「小鈴……？　小鈴なのか？」

雷雨の中に立ち尽くす小鈴の姿に、恵塊が目を瞠ったその時、背後からごうっと大きな音がした。

「小鈴！　後ろだ！」

見たこともない真剣な顔で、恵塊が走ってくる。

「逃げろ、小鈴！　崖が崩れる！」

「おれは……」

小鈴じゃない。ゴゴゴゴと凄まじい音がして、あっという間に足が土に飲み込まれた。

「小鈴！　危ない！」

「凜之介！」

風の音に混じって、別の声が聞こえた。いつかと同じように、ふわりと身体が浮く。
遠のく意識の中、チリンと風鈴の音がした。
幼い声が、無邪気にわらべ歌を歌っている。
——そう、おれは凜之介……。
小鈴——千田(せんだ)凜之介は、そのまま気を失った。

□□□□□

朱鷺風一帯は昔から、びいどろ(和硝子(わガラス))細工が盛んだった。びいどろの材料である硅石(けいせき)が豊富に採れたからだ。千田凜之介の父・弥助(やすけ)は村一番の腕を持つびいどろ職人だった。中でも吹き硝子という昔ながらの製法で作るびいどろ風鈴は、とても美しく音色もよいと、位の高い武家や大店(おおだな)などからひっきりなしに注文が入っていた。

凜之介もまた、父の作る風鈴の音が大好きだった。高温で溶かしたどろどろの硝子を、吹き棹という細い鉄の管の先に巻き取り、空中で息を吹き込んで膨らませる。水飴のようだった硝子がみるみる風船のように膨らんでいく過程は、何度見てもわくわくした。

幼い凜之介の遊び場は父の工房だった。母を早くに亡くしていたが、父がいつも傍にいてくれたから寂しいと思ったことはなかった。

「父さん、ねえまだ？」

「まだだ」

風鈴の仕上げをする父を急かす。凜之介の目には完璧に仕上がっているように見えるのに、父はまだ納得していない様子で、縁の部分に何度もやすりをかけている。

「ねえ、そろそろできた？」

「あと少しだ」

父は苦笑しながら手を動かしている。凜之介は仕方なく工房を出ると、今にも泣き出しそうな曇天に向かって呟いた。

「早く行きたいなあ……」

風鈴は武家や大店にも納めていたが、主に献上していた先は風の神の国・瑞風国だった。

朱鷺風村にはおよそ百年に一度、風子と呼ばれる赤ん坊が生まれる。風子は七つになると風の神の国に上り、その類まれな美しい歌声で風の神たちを癒し、力を与える。凜之介は朱鷺風村に百年ぶりに生まれた風子だった。

七つになるのと同時に、凜之介は瑞風国へ通うようになった。その際、父は必ず自分の作ったびいどろ風鈴を供物として持たせてくれた。

「凜之介、待たせたな」

「できたの？」

ああ、と父が頷く。

「支度をしなさい」

凜之介は「うん」と弾けそうな笑顔で答えた。

上がったきり帰ってこられないわけではなく、朱鷺風との行き来は自由だったから、幼い凜之介は瑞風国へ行く日を指折り数えて楽しみにしていた。

居間に戻ると、父は出来上がったばかりのびいどろ風鈴を、いつものように桐の箱に詰めていた。その手元で揺れる風鈴が、チリンチリンと涼やかな音をたてる。父の作る風鈴は、どれもこれも本当に素晴らしい音色ばかりだ。

「お前が一人前の風子になるまでは、風鈴の力を借りるのだ」

凜之介はまだ半人前なので、歌の持つ力が弱いのだという。だから父は凜之介が瑞風国へ上がるたび、新しいびいどろ風鈴を持たせた。凜之介の声に似せた風鈴で、少しでも風の神たちの心を癒すことができればと、父は考えていたようだ。

実際、凜之介が携えていく風鈴を、国の長である厳風もその妻・風漣も、心から喜んでくれている様子だった。

『厳風さま、これは春の色ですね。縁の薄桃色が上品で美しいこと』

『ああ。なんと温かな心持ちになることか。音色も……ああ、美しい』

『凜之介の愛らしい声に、そっくりですね』

顔を見合わせるふたりの様子を思い出すたび、凜之介の心はほっこりとした温もりを覚えるのだった。

父に見送られ、森の奥にある古い祠から瑞風国へ上がった。暗がりの中で目を閉じ、ゆっくりと開く。祠の外に出ると、「凜之介」と声がした。

「迎えにきたぞ、凜之介」

優しい笑みを浮かべて手を差し伸べてくれるのは、涼風。厳風と風漣の長男だ。

「涼風さま！」

凜之介は破顔し、背の高い青年の胸に飛び込んだ。

「遅かったじゃないか」

涼風の後ろに隠れるように立っていた少年が、ぬっと顔を出した。涼風の弟・雅風だ。十六と十三の兄弟は、いつもこうして祠まで凜之介を迎えに来てくれる。

「えっと、あの……父さんが、風鈴の仕上げに時間がかかっ……」

言い訳も聞かず、雅風が桐箱をひょいと取り上げた。

「あっ」

「なんだ。持ってやろうと思ったんじゃないか」

文句があるのかと言わんばかりにじろりと睨み下ろされ、凜之介は「ありがとうございます……」と俯いた。

涼風にされたのなら、親切心なのだと思える。けれど相手が雅風だと、意地悪をされているような気分になってしまう。そもそも涼風なら黙って箱を取り上げたりせず、「重いだろう？　持ってあげるからよこしなさい」と笑顔を向けてくれるはずだ。

凜之介はふたりに気取られないように、小さなため息をついた。

兄弟だというのに、涼風と雅風の性格は正反対だ。長男の涼風が、頬を撫でる春風のように穏やかで優しい気性なのに対し、次男の雅風は雪のつぶてを運ぶ寒風のように、やること成すことに容赦がない。

「雅風、またそのような言い方をする。凜之介が怯えているじゃないか」

ため息に気づかれたのだろうか。びくりと身を竦める凜之介を、ひとり先を歩いていた雅風が振り返った。不満げな表情に、思わず凜之介の足が止まる。

「私は、凜之介が重かろうと思って持ってやったのです」

「それならちゃんとそう言わないと。なあ、凜之介？」

素直に頷いていいものだろうか。俯いたままの凜之介の頭を、涼風がポンポンと軽く叩いてくれた。

「そのくらい、いちいち言わなくてもわかれ」

雅風はぷいっとふくれっ面で前を向いてしまった。すたすたとひとりで先を行く雅風に苦笑しながら、涼風が言った。

「許してやってくれ、凜之介。あれで悪気はないのだ」

「……はい」

「むしろあれは、裏返しだな」

クスクスと涼風が笑う。一体なんの裏返しなのだろうと、凜之介はその楽しそうな横顔に首を傾げた。

屋敷に着くと、客間で風漣が待っていた。身重の風漣はこのところ悪阻（つわり）がひどいらしく、目の下にできた隈（くま）が痛々しい。厳風は毎日忙しいようで、この日も屋敷を留守にしていた。

「いらっしゃい、凜之介。待っていましたよ」

「風漣さま、お加減はいかがですか？」

「今日はずいぶんと気分がいいわ」

「大事な時期ですゆえ、どうぞご無理をなさらないでください」

たどたどしい台詞（せりふ）を口にする凜之介に、三人が顔を見合わせて微笑んだ。難しい台詞は父から教わったが、身体を労わって丈夫な子を産んでほしいという気持ちは、凜之介自身のものだ。風漣は「ありがとう。凜之介は優しい子ね」と笑顔を見せてくれた。

「母上、風鈴を新しいものと取り替えましたよ」

涼風は早速、軒先の風鈴を凜之介の携えてきた新しいものにつけ替えた。しかし残念なことに風がない——と思っていると、涼風が「雅風」と傍らの弟を見た。雅風は無言で頷き、ひょいと庭先に飛び降りた。

風術で風を起こすのだな、と凜之介にはすぐにわかった。

涼風も雅風も、共に文武両道には違いないのだが、どちらかといえば涼風は文を、雅風は武を得意としているようだ。何を質問しても「それはね」とすぐにわかりやすく教えてくれるのは涼風だが、風術や剣術の腕は、三つ年上の兄より弟の雅風に軍配が上がる。

涼風はそれをわかっていて、こういう役割をいつも弟に譲る。だからと言って雅風が涼風に優越感を抱いているわけではなく、むしろ『私の知識は、兄さまの半分以下だ』と、毎日遅くまで学術に励んでいるらしい。

雅風が目を閉じ、ふうっと息を吸う。胸の前で両手を合わせ、ハッと息を吐きながら前に突き出した。途端に、ふわりと風が起こり、軒下で父の作った風鈴が揺れた。凜之介は、愛想の欠片もない雅風がちょっぴり怖くて苦手なのだけれど、時折見せる彼の真剣な表情はドキドキするほどかっこいいと思っていた。

チリン、チリリンという涼やかな風鈴の音に、風漣がうっとりと目を細める。

「ありがとう、雅風」

母の労（ねぎら）いに、雅風は照れたように鼻の頭を掻き、すぐに涼風を見やる。涼風は微笑みながら頷いた。本当に仲の良い兄弟だなと、兄弟のいない凛之介はいつも羨（うらや）ましくなる。

「弥助殿の作る風鈴の音は何よりの癒しです。お腹の子もきっと喜んでいることでしょう」

まだそれほど大きくなっていないお腹を、風漣は愛おしそうに撫でた。

「風鈴にばかり任せていないで、お前も何か歌え、凛之介」

雅風に背中を突かれ、凛之介は慌てて歌い出した。

わたぐも　はこぶ　あおきかぜ
いなほ　ゆらす　こがねのかぜ
あまたの　かぜの　ふところで
とんびは　そらに　くるりとな

はつゆき　おとす　ましろきかぜ
にじを　かける　なないろのかぜ
あまたの　かぜに　みまもられ

とんびは　おやどに　かえるかな

最初に瑞風国へ上がった日、涼風が教えてくれた歌だった。大昔、風の神たちが朱鷺風の平穏を祈って作った歌だという。

「いつ聞いても、素晴らしい歌声だな」

涼風の言葉に風漣が頷く。嬉しさのあまり、凜之介は頬を赤らめてもじもじしてしまう。

——雅風さまも喜んでくれたかな。

ちらりと見上げる。雅風はうっとりと表情を緩めていたが、凜之介と目が合った途端、ふんっとそっぽを向いてしまった。

「半人前とはいえ風子なのだから、歌声が素晴らしいのは当たり前なのだ」

「これ、雅風」

風漣は窘めるが、雅風はツンとした表情を崩さない。

「ただ、今のところ私はこの風鈴の音色の方が美しいと思う。弥助殿の作った風鈴より美しい音色は、どこを探してもない」

「おい、雅風」

今度は涼風が眉根を寄せた。

半人前。半人前。半人前。

凜之介の頭に、雅風の台詞がこだまする。

――雅風さまは、おれの歌が嫌いなのだ。

途端に喉の奥がつーんとした。凜之介は俯いたまま唇を嚙みしめた。

「り、凜之介、雅風は決してお前の歌が下手だと言っているわけでは――」

涼風が慌てて取りなそうとしたが、彼がすべてを言い終わる前に、凜之介の目からは大粒の涙がぼろぼろと零れ落ちた。

「う……うう っ……」

なぜなのだろう。涼風と風漣に褒められた喜びが、雅風のひと言でいとも簡単に消し去られてしまう。歌だけでなく、雅風はきっと自分のことが嫌いなのだ。だからいつもツンツンと冷たい態度を取るのだ。雅風の言葉になど耳を貸さなければいいのに、朱鷺風に戻ってからも耳にへばりついて離れないのは、雅風の声ばかりだ。

――雅風さまなんて、大っ嫌い。

えぐえぐと、凜之介は激しく泣きじゃくる。ちょっと貶されただけなのに、どうしてこんなに悲しいのだろう。

自分のことなのにさっぱりわからない。涼風も風漣も必死に凜之介を宥めようとしてくれたが、一番おろおろしていたのは当の雅風だった。

「な、なにも泣くことはないだろう」

「お前が泣かせたのだぞ、雅風」

「わ、私は……」

「弥助殿は、風鈴の音を凜之介の声に似せておられるのだ。風鈴の音が素晴らしいということは凜之介の歌声が素晴らしいということだろう。なぜそれがわからないのだ」

涼風にピシャリと言われ、雅風が黙り込む。涼風まで怒らせてしまった気がして、凜之介はますます激しく泣いた。

「……えっ……ひぐっ……うええん」

「ああ、大きな声を出して悪かった。泣くな、凜之介。な？」

「まあまあ、凜之介を泣かせるなんて」

「雅風は照れ屋なのだ。決して本気ではない」

「そうよ。本気ではないのよ？」

涼風と風漣が交互に宥めてくれるが、涙は一向に止まらない。手の甲で目をごしごし擦っていると、雅風が庭に下りる気配がした。

――何をするんだろう。

雅風は無言で風を起こす構えに入った。風術を使うつもりらしい。

合わせた両手を解き、右手を上に、左手を下に突き出し、息を大きく吸いながら両手を交差させるように回転させる。すると空中に漂っていた小さな雲のような白い塊が、雅風の元に集まってきた。

「えぐっ……うっ……」

指の隙間からその様子を覗いていた凛之介の視線が、雅風が抱えてきたそれを捉える。「ん」と胸元に突きつけられ、凛之介はきょとんと首を傾げる。

「……これは？」

「雲菓子だ」

「……雲菓子？」

「詫びだ。食え」

雅風がぶすっと差し出す。とても詫びているようには見えなかったが、受け取った白い塊からは、甘い匂いが漂ってくる。

「甘くて美味いぞ？　食べてみろ」

涼風がそう言うので、恐る恐るひと口齧ってみた。

「……ん！」

「どうだ。美味いだろう」

涼風に頭を撫でられ、凛之介はこくんと頷いた。睫毛の先から涙がひと粒落ちたが、もう新しい涙は湧いてこなかった。

――なんて美味しいんだろう。

口に含んだ途端、ふわりと溶けて消えてしまうそれは、父が時折飴売りから買ってくれる飴よりもずっとずっとまろやかで甘かった。

「いくらでも集めてやる。好きなだけ食え」

偉そうに胸を張る雅風の頬が、ほんのりと赤い。照れ屋だというのは本当なのかもしれない。こくんと頷き、凜之介は雲菓子をむしゃむしゃと口いっぱいに頬張った。

「こら凜之介、そんなに一度に口に入れると」

「うぐっ」

涼風の忠告も虚しく、凜之介は雲菓子を喉に詰まらせた。あらあらまあと、風漣が「水を」と厨に飛んで行った。目を白黒させる凜之介の背中を、雅風と涼風がふたりで叩いてくれた。

「ん……ふあ、びっくりしたぁ」

なんとか喉に詰まった雲菓子の塊を呑み込んだ途端、ふたりがどっとため息をついた。

「よかった」

涼風が胸を撫で下ろす横で、雅風がへなへなと畳に座り込んだ。

「お、驚かすな！　寿命が縮まったじゃないか」

声が裏返って震えている。

「ごめんなさい」

「まったくそそっかしいやつだな。細っこい身体をして、食い意地を張るからそういうことになるんだ。大体お前は」

ぶつぶつと文句を垂れる雅風が、不思議なことにちっとも怖くなかった。怒ったようなその表情が、三つの頃、滝つぼで溺れかけた凜之介を助け上げた父の表情と、まったく同じだったからだ。

――雅風さま、本気で心配してくれたんだ。

もしかして嫌われているわけじゃないのかもしれない。もっともっと練習して半人前じゃなくなったら、歌を褒めてくれるかもしれない。そう思ったら、なんだか急に嬉しくなってきた。すっかり機嫌を直した凜之介に、涼風と雅風が顔を見合わせた。

「今泣いた烏がなんとやらだな」

「泣いたり笑ったり、本当に忙しいやつだ」

クスクス笑う兄弟に見守られながら、凜之介はにこにこと雲菓子を頬張る。

――ずっとこうしていたいなあ。

ふたりと過ごす時間は口に広がるそれよりずっと甘く楽しく、けれどいつもあっという間に過ぎてしまうのだった。

その年の夏は、実に夏らしい夏だった。と、凜之介が感じたわけでなく、父や、父の元を訪れる村人たちが口々にそう言っていたのだ。昨年までは酷暑と冷夏が交互に続いて、秋になっても稲穂が垂れることがなかったが、今年は七年ぶりの豊作だと、みな喜びに顔を綻ばせていた。まだ見習いとはいえ、風子が瑞風国に通い始めたおかげで、朱鷺風の天候が安定したのだ。

「凜之介のおかげだな」

父はそう言って凜之介の頭を撫でてくれた。嬉しくなって見上げた父はしかし、あまり嬉しそうではなかった。

――父さん……？

父は時折、ふと悲しげな目をすることがある。高炉で溶けるびいどろを見つめながら、道具の手入れをしながら、夕餉の支度をしながら――いつとは言わず、不意にその瞳に真夜中の井戸のような暗い色を浮かべる。

夜中にふと目を覚ますと、それほど好きでもない酒を飲みながら、重く深いため息をついていることもある。そんな時、凜之介は居間の明かりに背を向け、布団を頭まで被ってぎゅっと目を閉じる。目を開けた途端『凜之介、実はな』と、父が何か恐ろしいことを言い出すのではないかと怯えた。

しかし朝になればいつもの父に戻っている。朝餉をぺろりと平らげ、陽が沈むまで仕事に没頭するのだ。

凜之介の前で、父はいつも朗らかだった。余計なことは口にせず黙々とびいどろ風鈴を作る父を、凜之介は誇らしく思っていた。

「それでね、涼風さまと雅風さまが、朱鷺風祭りを見てみたいって言うんだ」

「ほう。夏祭りを」

その日瑞風国から帰った凜之介は、夕餉の席でふたりが朱鷺風村の夏祭りを見たいと言っていたことを父に報告した。風の神たちが下界に下りてくることは珍しいことではない。ただ人間と何ひとつ変わらない姿なので、彼らが神だと誰も気づかないのだ。

「瑞風国にはね、祭りというものがないんだって」

「ほほう。ならばことのほか楽しみになさっているだろうな」

「うん。とっても楽しみにしているみたい」

涼風は素直に『楽しみだな』と言っていた。雅風はいつものようにすました顔をしていたけれど、凜之介が露店や夜祭りの花火の話を涼風に聞かせている時、背中を向けたまま耳をぴくぴくさせていたから、きっと心の中では楽しみにしているに違いない。

「ああ。早く祭りの日にならないかなあ」

凜之介は前年の朱鷺風祭りを思い出した。左右にずらりと露店や屋台が並ぶ通りは賑やかで、ぶらぶらと歩いているだけでわくわくした。特に村はずれの河原で打ち上げられた花火の、腹の底に響くドーンという音や、夜空に咲いた大輪の花の美しさは、一年経った今もはっきりと思い出すことができる。

あの感動を涼風と雅風と三人で味わえたら。そう思うと気の早い心臓が走り出し、尻のあたりがムズムズしてくる。

「おふたりがいらっしゃるのなら、浴衣を新調しなくちゃな」

「え、本当？」

「去年すでに小さかったんだ。裾出しをしても、つんつるてんだろう」

「わあい！　新しい浴衣！　新しい浴衣！」

思わずその場に立ち上がって万歳をしながらくるくる回る凜之介に、父が目を細める。

「父さん、おれ、金魚の柄がいい」

「ああ。金魚にしよう」

「そうだ。父さんも浴衣を新調してお揃いにしない？」

うきうきと提案しつつ、でも父さんに金魚は可愛らしすぎるだろうかなどと考えていたが、父の答えは予想外のものだった。

「父さんは、今年は行かれないんだ」

「え？　どうして？」

「その日は村の寄り合いがあるんだ。お前がひとりでおふたりをお迎えしなさい」

「ええ、そんなあ」

朱鷺風祭りには毎年父とふたりで出かけていた。年に一度の夏祭りの日に寄り合いなんて、これまで一度もなかったのに。

「お前は風子なのだから、自分ばかり楽しまないでしっかり案内するんだぞ」

「……うん、でも」

「心配はいらない。去年の祭りのことを、ちゃんと覚えているだろう？」

「……うん」

「なあに涼風さまも雅風さまも、お前よりずっと年上なのだから、何か困ったことがあったら助けて下さるだろう」

父の言葉に、凜之介はようやく表情を和らげた。そうなのだ。雅風はともかく涼風は優しくてしっかり者だから、凜之介の案内などなくとも祭りを楽しむことができるはずだ。

——涼風さまがいるからきっと大丈夫だ。

父が来ない不安はあっという間に霧散した。それからはただただ夏祭りを楽しみにする日が続いた。

ところが祭り当日、約束した夕刻に森の祠からやってきたのは雅風ひとりだった。涼風は風邪をこじらせて来られなくなったという。

「涼風さまが、お風邪を？」

「兄さまは、幼少の頃からあまり身体が丈夫でないからな」

「大丈夫なんでしょうか」

「案ずるな。ただの夏風邪だ。それにもう大分よくなっている。大事を取っただけだ」

「……そうですか」

あからさまにがっかりする凜之介にむっとするでもなく、雅風は淡々と先を急いだ。今日のためにあつらえたのだろうか、瑞風国での白い着物ではなく、濃い藍の浴衣を着た雅風の背中は、ふだんよりちょっぴり大人びて見えた。

森を抜け、古寺の横の小道を抜け、村へと続く道を歩く間、ふたりの間にほとんど会話はなかった。涼風がいれば、きっと心も会話も弾んでいたのだろうけど。

——雅風さまとふたりきりだなんて……。

予想もしなかったことに、凜之介は内心ひどく困惑していた。

三人でいる時、凜之介の話し相手は主に涼風だ。雅風は必ず傍にいるものの、時折口を挟むくらいだ。しかもほとんどが凜之介をからかうような言葉だったりするから、正直なところ凜之介は雅風が少し苦手だ。

けれど先だって雲菓子をのどに詰まらせた時、雅風は本気で心配してくれていた。だからおそらく凜之介のことを嫌っているわけではないのだろう。凜之介もまた、雅風が嫌いというわけではない。ほんのちょっぴり苦手なだけで。

——意地悪ばかり言わなければ素敵なのに……。

「なんだ」

真横からちらちらと見上げていたことに気づいたのか、雅風にじろりと睨み下ろされた。

凜之介はびくりと身体を竦ませ「なんでもありません」と消え入りそうな声で答えた。

——こうして始終むすっとしていなければ素敵なのに……。

「新しい浴衣なのか」

前を向いたまま突然尋ねられ、凜之介は俯けていた顔を上げた。

「新品のようだから」

「あ、はい。父さんが今日のために新調してくれたんです」

なんのためにそんなことを尋ねたのかわからずきょとんとしていると、雅風はゴホンとひとつ咳ばらいをし、とても言い難(にく)いことを口にするようにこう言った。

「似合っている」

「……え？」

「金魚だ。可愛……おぼこのお前に、よく似合っているぞ」

褒められたのだろうか。それとも貶された？

凜之介は瞬きを繰り返す。

「あの——」

「あれが祭りの会場か」

かけた声を遮られるまま、雅風の指先に視線をやると、西日にきらきらと輝く稲穂の波の向こうにたくさんの提灯が見えてきた。途端に楽しい祭りの記憶が蘇り、心がわくわくと躍り始めた。

「雅風さま、まず何を食べますか？」

「祭りは初めてだと言ったろ。何があるのかがわからない」

「あ、そうでしたね」

「それに『まず』ということは、いくつもいくつも食べるつもりだな？　相変わらずの食い意地だな」

「えへへ」

ぺろりと舌を出すと、雅風がクスッと笑った。

「ではまずはみたらし団子を食べましょう。甘くてしょっぱくて、とってもとっても美味しいですよ」

「甘いのかしょっぱいのか、どっちなんだ」

「甘くてしょっぱいんです」

「あまり美味そうな気がしないな」

「美味しいんですってば！　香ばしくて、もちもち～っとしていて」

夏祭りと言えばみたらし。凛之介はみたらし団子の魅力を力説した。

「そこまで言うのなら、ひと串くらい食べてやらなくもない」

「ひと串食べたらきっと、ふた串目も食べたくなりますよ」

「私はお前のように食いしん坊ではないから、ひと串で十分だ」

――ほらやっぱり意地悪だ……。

むうっと頬を膨らませると、傍らの雅風が「あはは」と声をたてて笑った。どうやら凛之介をからかって楽しんでいるらしい。

「そう膨れるな。さ、着いたぞ」

祭り会場になっている目抜き通りの入り口に、ふたり並んで立つ。衣類や日用雑貨、小間物や植木などの露店に並んで、果物や飴、凧などを扱う屋台が見えた。もちろんみたらし団子の屋台もある。

「行こう」

雅風の声はいつになく明るく、足取りも軽い。

――雅風さま、うきうきしているみたい。

素直でない雅風は「楽しいな」なんて決して口にはしないだろう。けれど涼風が来られなくなっても、こうしてひとりでもやってきたのだから、彼なりに今日という日を楽しみにしていたに違いない。

「何をしている。置いていくぞ」

「あ、待ってください。置いていかないで」

スタスタと先を行ってしまう雅風の背中を慌てて追った。金魚の柄の浴衣の裾がひらひらと風に舞う。

『よく似合っているぞ』

あれはやっぱり褒めてくれたのだ。今頃になってじわじわと心に喜びが広がる。もう「涼風さまがいてくれたら」とは思わなかった。

「なんとも妙な気分だな」

「妙？」

「自分たちを祀るための祭りに来るとは」

雅風がしみじみとそんなことを言うものだから、凜之介は噴き出しそうになった。

隣を歩くすらりとした少年が、実は風の神だと気づく者はいない。凜之介だってそうと知らなければ、自分と同じ人間だと思うだろう。

違いといえば、雅風に影がないことくらいだろうか。しかし行き交う村人の誰ひとりとしてそれには気づかない。みな年に一度の祭りを楽しむことに一生懸命なのだ。

ただ、若い娘たちだけは別の反応を示した。何人もの村娘が、すれ違う雅風を振り返り、頬を染めながら何やら囁き合っていた。

当の雅風は彼女たちの熱の籠(こも)った視線などまったく感じていないようで、初めて見る屋台やら露店やらを興味深そうに眺めている。凜之介は雅風が風の神だということに気づかれてしまったのではないかと内心びくびくしながら歩いていたが、何人目かの村娘が「素敵」と小さく囁いたのを耳にして合点した。

みな、すらりとした美しい風貌の雅風に見惚(みと)れていたらしい。

「素敵な方ね」

「村じゃ見かけないお顔ね」

「背が高くてあか抜けていて……町の方から来たのかしら」

よくよく耳を澄ましてみると、そんな囁きがあちこちから聞こえた。

——確かに雅風さまは美男子だし、十三とは思えない大人びたお姿だけど。

あんまりジロジロと見ないでもらいたい。

なぜなら今夜雅風を祭りに案内するのは、凜之介の役目なのだから。

「雅風さま、こちら側を歩きましょう」

傍らの長い腕にぎゅっとしがみついて、村娘が歩いていない方へ引っ張ると、雅風がぎょっと目を剝いた。

「ど、どうした、突然」

「今宵はおれが雅風さまをお守りいたします」

村娘たちの不躾な視線から。と内心でつけ加える。雅風は「はあ？」と声を裏返した。

「守る？　お前が私を？」

凜之介はあたりに視線を飛ばし、性懲りもなくチラチラと雅風を見やる村娘たちを、心の中で「シッシッ」と蹴散らした。

「はい。私がお傍に仕えていますから、安心して祭りを楽しんでください」

雅風は訝るように眉根を寄せ、思い切り首を傾げた。

「何を企(たくら)んでおるのだ、凜之介」

「何も企んでなどおりません。さ、参りましょう」

凜之介は、ますます深く首を傾げる雅風の手をぐいぐいと引いて歩いた。

ふたりでみたらし団子を二本ずつ平らげた後、焼餅をふたつずつ食べた。凜之介は父から去年の倍以上の小遣いを持たされてきたが、雅風はそれを使わせなかった。

「神さまもお金を持っているのですか？」

きょとんと尋ねる凜之介に、雅風はにやりと笑った。

「神社で賽銭(さいせん)を投げるだろ」

なるほど、と凜之介は納得する。願いを込めた賽銭がちゃんと神さまに届いていることがわかり、なんだか無性に嬉しくなった。

さすがにふたりして腹がくちくなったので、当たり矢に挑戦することにした。一昨年(おととし)、去年に続く今年で三度目の凜之介は、巻貝で作った貝独楽をひとつ当てた。今年こそ一等賞のいろはがるたを当てたかったと項垂れると、雅風が「任せておけ」と言ってくれた。わくわくして待っていたのに、なんと雅風は矢をすべて外してしまった。

盛大にがっかりしたけれど、雅風本人が地団駄を踏まんばかりに悔しがっていたから、なんだか可笑しくなってしまった。

「簡単に当たりそうなのに、さっぱり当たらない」

「おれも去年と一昨年は、ぜんぶ外れでしたから」

「存外に難しいものだな」

「よかったらこれ、どうぞ」

貝独楽を差し出すと、雅風は一瞬目を丸くして、それから楽しそうに笑った。

「それはお前が当てたのだからお前が持って帰れ。おれは来年、自分の手で当ててみせる」

来年。来年。二度心で繰り返した。

約束ではない。不確かな未来だけれど、凜之介の心は小さく震えた。

「来年はきっと一等賞が当たりますよ」

「やれやれ凜之介に慰められるようでは、私もまだまだだな」

雅風が肩を竦めて笑った。

屋台の列を二周ほど見て回ると、さすがに足がくたびれた。花火の打ち上げまでにはまだ少し時間があったが、ひと足早く人気のない河原の土手にふたり並んで腰を下ろした。

直前に買った水飴を舐めていると、横顔に雅風の視線を感じた。なんだろうと振り向くと、すぐにすいっと視線を逸らされてしまった。大方「本当に食いしん坊だな」と呆れているのだろう。

手持無沙汰だったのか、雅風は土手のシロツメクサで何やら作り始めた。何を作っているのか尋ねても教えてくれないから、凜之介は仕方なく暮れてきた空を見上げながら水飴を舐め続けた。

「できたぞ」

どれくらいそうしていただろう、声に振り向いた凜之介の頭に雅風がポンと何かを載せた。

「なんですか？」

頭上のそれを手に取った凜之介は、「わあ」と感嘆の声を上げた。

「花冠ですね」

「ああ」

「きれい……これ、雅風さまが作ったんですか？」

「今見ていただろう」

「すみません、水飴にばかり気を取られていて」

頭を掻くと、雅風が呆れたように苦笑した。

「素敵な花冠……ありがとうございます、雅風さま」

もう一度頭に載せて立ち上がり、その場でくるくる回ってみせた。

雅風が作ってくれた。花冠を自分のために。思いがけない出来事に、驚きと嬉しさが込み上げてくる。

「気に入ったか」

「はい。とても」

「瑞風国にもこれとよく似た草がある。雪雲草という」

「雪雲草ですか……では今度瑞風国に上がった時に、それで冠を作ってください」

にっこりとお願いすると、なぜか雅風は困ったような顔で「う～ん」と唸った。

「……だめですか？」

ずうずうしいお願いだっただろうか。しかし雅風は「いつかな」と笑ってくれた。

「いつか、お前がもう少し大きくなったら、その時作ってやろう」

「本当ですか？」

「ああ。約束だ」

すいっと立ち上がった雅風の頬がいつもより心持ち赤いのは、落ちる直前の西日のせいだろうと思った。

「喉が渇いただろ。甜瓜を買ってくるから、それを食いながら花火を見よう。お前はここで待っていろ」

早口でそう言い残すと、雅風は一目散に土手を駆け上がっていってしまった。

「雅風さまが作ってくれた花冠……ふふ」

今日の雅風は、いつものように意地悪を言わない。ちょっと怖いと思っていたぶっきらぼうな物言いも、今夜はまるで気にならなかった。青い草の香りのするそれを、凜之介は胸にそっと抱きしめた。

背後でざわりと草が揺れる気配がした。甜瓜を手にした雅風が立っているとばかり思っていた凜之介は、笑顔で振り返った先にいたそれに、ぎょっと身を竦めた。

野犬だろうか、見たこともないくらい大きな犬がいた。凜之介とたいして変わらない大きさだ。凜之介は弾かれたように立ち上がった。腹でも減らしているのか、だらしなく開いた口の端から長い舌と一緒に涎を垂らしている。

「こ、こっちに、来るな」

震える声で凄んでみせても言葉が通じるはずもない。野犬はぐうう、と不穏なうめき声を上げながらゆっくりと近づいてくる。がくがくと足が震えた。

「あ、あっちに行けっ」

河原の方へと後ずさる凜之介を、じりじりと野犬が追いつめてくる。

――どうしよう。

助けを呼ぼうにも辺りに人影はない。屋台の並ぶ目抜き通りまでも遠い。大声を出してもきっと届かない。ぐうう、とまた野犬が唸る。その目は凛之介の抱えている花冠を「よこせ」とばかりに睨みつけている。

「こ、これはだめ！　雅風さまがおれのために作ってくれたんだから！」

雅風の名前を口にしたら、腹の底からむくむくと勇気が湧いてきた。

「噛みついたって、これだけはやらないぞ！」

凛之介は左手で花冠を抱えると、右手で傍らに落ちていた棒切れを拾い上げた。

「か、かかってこい！」

棒切れを振り回しながら大声で叫ぶと、待っていたように野犬が襲いかかってきた。

「うわっ！」

強かに尻餅をついた。涎を垂らした野犬が、目の前で鋭い牙を見せた。

——噛まれる。

花冠を腹に抱き、ぎゅっと強く目を瞑った時だ。

声がしたのと同時にひゅんっ、と全身に鋭い風を感じた。身体が浮き上がったような気がして、驚いて目を開けた凛之介は思わず息を呑んだ。

「凛之介！」

本当に身体が浮いていた。足の裏から河原まで三尺ほどもありそうだ。

「うわあっ」

落っこちたら大変だと慌てて身を捩ると、「じっとしていろ」と背中から声がした。

「が、雅風さま！」

凜之介は、後ろから雅風に抱きかかえられていた。そのままの姿勢でゆっくりと河原に下りる。ほんの一瞬目を瞑った隙に、野犬のいた場所から二十間以上も離れたところへ移動していた。

「怪我はないか、凜之介。どこか噛まれていないか？」

雅風が凜之介の手足を確認する。凜之介はふるふると頭を振った。

「よかった……いや、よくないぞ。お前は見た目に似合わず無鉄砲だな」

甜瓜を買い損ねたと呟きながら、雅風は金魚模様の浴衣についた砂を払ってくれた。

「突然ああいった獣に出会った時は、刺激しないようにそろりそろりと逃げるんだ。棒切れなど振り回したりしたら、余計に興奮させるだけだ。わかったか？」

凜之介はこくんと頷いた。

「まったく、何が『おれが雅風さまをお守りします』だ」

「……ごめんなさい」

「謝ることはない。お前が無事でよかった」

怒っているのかと思ったが、雅風の口元に笑みが浮かんでいるのを見てほっとした。

ところが安堵したのも束の間、野犬から守ろうと大事に抱きしめていた花冠が、楕円に変形してしまっていることに気づいた。

「ああ……」

せっかく雅風が作ってくれたのに。

恐怖と入れ替わるように悲しみが襲ってきて、ぶわりと涙が溢れた。

「う……ひっ……」

「ど、どうした、やはりどこか噛まれたのか？」

突然涙した凜之介に、雅風はおろおろと尋ねる。

「かんっ……かんむ、りがっ……」

「なんだ。そんなことか」

雅風は凜之介の手から花冠を取り上げると、あっという間に形を整えてくれた。

「ほら、これで元通りだ」

そう言って、花冠を凜之介の頭にポンと載せてくれた瞬間、ドーン、ドドーン、という大きな音があたりに響いた。

「お、始まったようだぞ」

雅風に促されて見上げた空は、すっかり夜の色に変わっていた。ヒュルルルルという音がして、真っ暗な夜空に大きな大きな花がひとつふたつと開く。

「うわあ、きれい！」

涙を拭くのも忘れて、凜之介は破顔する。

「おお……聞きしに勝る迫力だな」

初めての花火を見上げて感嘆の声を漏らしながら、雅風は土手に胡坐(あぐら)をかいた。そして無言のまま凜之介の手を引き、自分の胡坐の上に座らせた。

「が、雅風さま……」

「暑苦しいか？」

「そうでは……ないのですが」

「こうしていれば、また野犬がやって来てもお前を守ってやれる」

雅風は囁き、花冠を頭に載せた凜之介の身体を、すっぽりとその腕の中に包んだ。

ドーン、ドドーン、ヒュルルルル。

花火の音に混じって、自分の鼓動が鼓膜を叩く。

ドクドクドク。ドキドキドキ。

――今日の雅風さま、やっぱりちょっといつもと違う……。

ドーン、ドドーン、ヒュルルルル。

「きれいですねえ」

「ああ。きれいだ」

「来年は、涼風さまも来られるといいですね」

「……ああ、そうだな」

その時の雅風がどんな顔をしていたのか、凛之介にはわからない。ただ「そうだな」と言いながら、その腕にぎゅっと力が込められるのを感じた。

次々と打ち上がる花火を見上げながら凛之介は、明日も明後日(あさって)も来月も来年も、ずーっとずーっと今日が続けばいいのにと思った。

花火が終わり、夜の土手を歩き出した時だ。不意に足の親指に痛みが走った。

「っ……」

蹲って確かめてみると、小さな豆ができていた。

「あー、草履の鼻緒に擦れたんだな」

野犬と闘ったりしたからだろう。豆は潰れて赤くなっていた。

「痛むか?」

「ちょっとだけ。でもこれくらいへっちゃらです」

立ち上がって歩き出そうとした凛之介の前に、雅風がしゃがみ込んだ。

「強がるな。その足では家まで歩けないだろう。負ぶってやるから背中に乗れ」

ちょっと怒ったみたいな口調も、もう怖くはなかった。凛之介はこくんと頷き、素直に背中を借りることにした。

雅風がひょいと立ちあがる。たった何寸か高いだけなのに、見える景色がまるで違った。

「わあ、雅風さま」

「なんだ」

「お星さまに手が届きそうです」

感激を口にしたのに、雅風はふんっと鼻で笑った。

「大袈裟なやつだな」

「大袈裟じゃありません」

いつも雅風が見ている景色を見ている。そう思ったら、胸の奥がきゅんと甘く疼(うず)いた。

夜店の立ち並ぶ目抜き通りの方から、チリンと風鈴の音がした。雅風とふたりして振り向くと、通りの片隅に風鈴を売る露店があった。

「さっきは気づかなかったな」

凜之介たちが通り過ぎた後、遅れて開店したのだろう。

チリンチリン、チリン。涼やかな風鈴の音は、いつ聞いても心癒される。

「美しい音色ですね」

「ああ、そうだな。しかし」

雅風は歩きながら、思いもよらないことを口にした。

「弥助殿の作る風鈴の音には遠く及ばない。あの稀有(けう)な音色を作り出せるのは、弥助殿ひとりきりだ」

大好きな父の腕を褒められ、凜之介は我がことのように嬉しくなる。

「ありがとうございます」

「だがな、それより美しい音色を、私はひとつだけ知っている」

「……え」

「お前の歌声だ、凜之介」

肩越しに振り返った雅風の横顔には、穏やかな笑みが浮かんでいた。

「以前、お前の歌声より風鈴の方がよい音色だと言ったが、あれは嘘だ。私はお前の歌声が一番美しいと思っている。本当に……心からそう思っている」

——雅風さま……。

こんな素敵な人を、優しい人を、なぜずっと苦手に思っていたのだろう。

凜之介は思わず雅風の肩に、ぎゅっとしがみついた。

どうしよう。嬉しすぎて頬が熱い。ドクドクという心臓の音が雅風に伝わってしまわないだろうか。そう思うと鼓動は余計に速まるのだった。

「凜之介、あれを歌え」

「は、はい」

わたぐも　はこぶ　あおきかぜ
いなほ　ゆらす　こがねのかぜ
あまたの　かぜの　ふところで
とんびは　そらに　くるりとな

背中の歌声に合わせるように、雅風はその身体を右に左にと揺らす。

優しい揺らぎに合わせるように、凜之介も歌う。

はつゆき　おとす　ましろきかぜ
にじを　かける　なないろのかぜ
あまたの　かぜに　みまもられ
とんびは　おやどに　かえるかな

祭りの賑わいが遠くなる。暗い畦道(あぜみち)も、雅風が一緒だから怖くなかった。

「おぼこはそろそろ寝る時間だな。眠くなったら眠っていいぞ」

「おれはおぼこではありません。まだ眠くなどありません」

ぷーっと膨れると雅風が楽しそうに「あはは」と笑った。

憎まれ口ばかりなのに、雅風のひと言ひと言が宝物のように思えるのはなぜだろう。

気づけば雅風のことばかり考えてしまう。その時の凛之介は幼すぎて、心に芽生え始めていた甘く蕩けるような感情に、名前をつけることができずにいた。

「そうだ、これ、涼風さまに差し上げてください」

凛之介は着物の袖から、当たり矢で当てた貝独楽を取り出した。

「お風邪が早く治りますようにとお伝え——あ、でも涼風さまは大人だから、こんなおもちゃなんかいらないでしょうか」

「そんなことはない。きっと喜ぶ」

「だといいんですけど」

雅風の手のひらに、コロンと貝独楽を落とした。

「来年も、また一緒に花火を見ましょうね」

夜風の涼しさが、次の季節を予感させる。祭りの余韻を醒ますにはちょうどいい涼しさだった。

「ああ、そうだな」

「約束ですよ?」

「ああ、約束だ」

優しく答えた雅風も、その背中で大きな欠伸をした凛之介も、想像すらしていなかった。

その約束が、守られることはないということを。

駆け足で夏が過ぎ、やがて訪れた秋も瞬く間に深まった。晩秋のその日、凜之介はいつにも増して意気揚々と瑞風国へと上がった。

数日前、八つになった凜之介に、父はびいどろ風鈴作りの手伝いをすることを許してくれた。父に支えられながら、生まれて初めて吹き棹を扱った。物心ついた頃から間近で見てきた作業だったが、見るのとするのでは大違いだった。細い管に息を吹き込むだけなのに、失敗作が十以上にもなってしまった。

それでも何とかそれらしく出来上がったふたつの風鈴を（無論父が上手く形を調えてくれたのだが）、涼風と雅風へ贈ることにしたのだ。

「おお、凜之介が作ったのか」

「はい。父に手伝ってもらって初めて作りました」

手伝ってもらうというより、ちょっぴり参加させてもらったというのが正しいのだけれど、それでも初めて製作に係わった記念すべき風鈴だ。

「涼風さまと雅風さまにと思って」

「私たちに？」

涼風が傍らの雅風と目を合わせる。雅風の目が驚きと喜びにまん丸になるのを見て、凜之介の胸はトクンと小さく跳ねた。

「誕生祝いをしていただいたお礼です」

先だって、屋敷で八つの誕生日を祝ってもらった。いつもより数段豪華な膳を用意してくれたのは、滅多に屋敷にいない厳風だった。厳風、風漣、涼風、雅風、四人から祝いの言葉をもらい、この上もない幸せな時間を過ごした。

「どれどれ、開けてみようかな」

風呂敷を広げる涼風の手元を、待ち切れない様子で雅風が見つめている。ふたつ並んだ桐の箱には、それぞれ墨で「りょうふうさま」「がふうさま」と書いてある。父に手を添えてもらい、一生懸命認(したた)めたふたりの名前だ。

それぞれが、自分の名前が書かれた桐箱を開ける。

「おお、素晴らしい」

涼風が手にした風鈴をチリンと鳴らす。淡い緑色は、朱鷺風と瑞風国を繋ぐ森の色だ。すべてを包みこむような深い優しさを、涼風の穏やかな気性に重ねた。

「私の方は、別の色だ」

雅風も兄と同じように風鈴を鳴らした。深い藍は、あの日雅風が着ていた浴衣の色だ。それに気づいたのだろう、雅風がちらりと視線をよこし小さく笑った。凜之介は頬を染めて俯いた。

「私の風鈴の方が、兄さまのより、いくらか音色がよいように感じる」

雅風が耳元で藍色の風鈴を鳴らしながらうっとりと言った。

「そんなことはないだろう。私のも素晴らしい音色だぞ」

対抗するように涼風も耳元で薄緑色の風鈴を鳴らす。

「どちらも素敵な音色ですよ？」

それぞれに違う音色を楽しむ兄弟に、風漣がクスクスと笑った。

もちろん、どちらも精一杯作った。そもそも凛之介は出来栄えに手心を加えるほどの技術を持っていない。失敗作の山をこれ以上高くしないようにと、それだけで精一杯だった。

ただこのところ凛之介は、気づけば雅風の顔ばかり思い浮かべていた。夏祭りの日、肩越しにおずおずと見上げた雅風の瞳に映し出された色とりどりの花火。もう秋も終わるというのに、昨日のことのように目蓋（まぶた）の裏に浮かぶ。

土手で身体ごとすっぽりと包んでくれた腕の温もりや、わらべ歌に揺れる背中の感触も、ことあるごとに蘇っては胸の奥を甘く疼かせた。

「さすがは弥助殿の息子だ」

「血は争えないな」

「そのうち弥助殿と同じように、素晴らしい風鈴を作るようになるだろうな」

「行く末が楽しみだな」

互いに微笑む涼風と雅風に、凜之介は照れて笑った。しかしそんな三人の様子から視線を逸らし、風漣は静かに俯いてしまった。

——もしかして、風鈴が気に入らなかったのかな……。

兄弟とは対照的な風漣の暗い表情が気になった。やはりいつものように、厳風と風漣への風鈴も持ってくればよかっただろうか。気が利かない風子だと思われただろうか。

——でも風漣さまは、そんなことで機嫌を損ねるようなお方じゃないと思うんだけど……。

「そうそう、この屋敷はこの頃、風鈴屋敷と呼ばれているらしいぞ」

凜之介の内心を知ってか知らでか、涼風が明るい声を上げた。

「私も聞きました。春夏秋冬、風鈴の音が聞こえるからだそうです。この屋敷の前を通る時、みな耳を澄ませて風鈴の音を楽しんでいるという話です」

雅風も、涼風に負けない明るい声だった。

「おやまあ。それもこれも凜之介と、弥助殿のおかげですね」

風漣もいつもの明るい表情に戻っていた。

「そんな……もったいないお言葉です」

「本当に、風子がお前でよかった」

そう言って微笑む風漣は、いつもの優しい彼女で、凜之介は一時心を過った考えが杞憂であったことに胸を撫で下ろした。

「兄上、早く風鈴を下げましょう」

「ああ。そうだな。ふたつ並べて下げるとしようか」

いつもは風漣が、その時の気分で選んだひとつだけを下げているが、せっかくだからふたつ並べて下げよう。兄弟の意見に風漣が笑顔で頷いた時だった。

バタバタと廊下を駆けてきた側近のひとりが、断りもなしに勢いよく襖を開けた。

「風漣さま！　大変です！」

「何ごとです」

振り返った風漣が眉根を寄せた。

「ぞっ、賊が入りました」

顔面を蒼白(そうはく)にして報告する側近の姿に、涼風と雅風は手にした風鈴をそれぞれの桐箱に戻し、すくっと立ち上がった。

「まことですか」

風漣も立ち上がる。凜之介もそれに倣った。

「はい。妖です。おそらくはカマイタチかと」

「一匹ですか？」

「いえ、数えきれない大群です。今、どうにか厨のあたりで食い止めておりますが」

ほどなく賊はここまでやってくる、ということだろう。側近は声を震わせていた。

「くそっ！　父上の留守を狙ったのか！」

雅風がドン、と足を鳴らした。

厨の方から激しく物の壊れる音が聞こえてくる。しゅるしゅると床が擦れるような気味の悪い音の合間に、悲鳴のような声が響いて、凜之介の心臓はドクドクと激しく鳴った。

「逃げるぞ！」

涼風の鋭い声に、雅風が「はい」と頷いた。

「私は母上を。雅風は凜之介を頼む」

「わかりました」

涼風が身重の風漣の背中に手を添える。雅風は凜之介の手をぎゅっと握った。

「早くお逃げください！　ここは我らが！」

側近が叫ぶ。

「すまない！　頼んだぞ！」

四人は長い板張りの廊下を、厨とは反対側、東の端にある夫妻の寝室へと向かった。寝室の押し入れから屋敷の裏の林に繋がる秘密の抜け道があるのだという。

――どうしよう。

幼心にも、大変なことが起きているのだということはわかった。心臓がドクドクと鳴り、身体がぶるぶると震えた。

「雅風さま……」

泣き出しそうな顔で見上げると、雅風が力強く頷いた。

「大丈夫。案ずるな。手を放すなよ」

はい、と頷いた時だった。脳裏にふと、ふたつの風鈴が浮かんだ。

「……ぁ」

小さく呟いたのかどうか、今となってははっきりと覚えていない。

ただほんの一瞬だけ、凛之介は走る足を緩めた。

「どうし――」

尋ねようとして、雅風はすぐに気づいたらしい。

「風鈴か」

凛之介はふるふると頭を振った。初めて作った風鈴。涼風と雅風のために。けれど今、そんなことを言っていられる場合でないことくらいはわかっていた。

けれど雅風は凛之介の手を放し「先に行っていろ」と踵を返した。

「雅風さま、いいのです！」

凛之介は慌てて雅風の着物の袖を摑んだ。

「しかしあれは、お前が初めて作った大切な風鈴だ」

「いいんです。戻らないでください」

「私にとっても大事な風鈴なんだ」

ふたりの言い争いを聞きつけ、少し先を行っていた涼風が戻ってきた。

「風鈴は私が取ってくる。雅風は母上と凜之介を連れて先を急げ」

「いいえ、私が」

「雅風、これは兄の命令だ」

初めて聞く涼風の厳しい声に、雅風はびくりと身体を竦ませた。

「大丈夫だ。賊はまだ厨に留まっている」

「しかし……」

「それより屋敷の外にやつらの仲間が待っていないとも限らない。私より剣術も風術も達者なお前がいてくれた方が安心だ。そうだろ？」

涼風に肩を叩かれ、雅風は「わかりました」と頷いた。

「頼むぞ、雅風！」

くるりと背を向け、涼風はさっきまでいた客間へと駆け戻っていった。

それが、最後に見た涼風の姿だった。


抜け道を抜けた先の林に、幸いカマイタチの姿はなかったが、待てども待てどもふたつの風鈴を手にした涼風が現れることはなかった。

人間は神を殺めることはできない。しかし神に仕えるはずの妖は、時に神に向かって牙を剝く。数年前、風の神同士の諍いがあった。滅多にない激しい争いで幾人もの神がその命を落とした。妖・カマイタチが仕えていた神も、その争いに巻き込まれて無残に命を落とした。激しい悲しみと怒りで、カマイタチは怨念の権化と化した。身体を分裂させ、国のあちこちで見境なく暴れ回るようになっていった。

その日、長の厳風の留守を狙い、カマイタチの大群は屋敷を襲った。犠牲者のひとりが厳風の長男・涼風だったことは、あっという間に国の隅々にまで知れ渡った。

風の神は、死ぬと風になる。その魂は風と同化し、司る地域の天候を永遠に見守るのだ。消えてしまったわけではない。その命はいつも風とともにある――。そうは言うものの、姿を消してしまった者の笑顔は戻らない。声を聞くことも二度と叶わない。死の悲しみは、人のそれと何ひとつ変わらないのだ。

涼風が死んだ。取り返しのつかないことが起きてしまった。

急を聞きつけた厳風が轟雷国から戻った時には、屋敷はもぬけの殻だった。そこに何十人といた側近も使用人たちも、ひとりとして生き伸びることはできなかった。不気味な静けさを湛えた敷地のあちこちで、ひゅるひゅると物悲しい音をたてて、いくつもの風が渦を巻いていたという。

四人がいた客間には、無残に砕けたびいどろが飛び散っており、藍と薄緑の破片の中にひとつ、小さな貝独楽が転がっていたと、後になって聞いた。風邪をこじらせて来られなかった涼風に、雅風を通じて渡してもらった夏祭りの土産だ。

林の中に身を潜めていた三人の元に、知らせを届けたのは、厳風付きの側近だった。突然の悲報に風漣はその場で気を失い、雅風は『私は信じない！』と叫んで、側近が止めるのも聞かずひとりで屋敷に駆け戻っていった。凛之介の記憶は、そのあたりから曖昧になる。

気づいた時、凛之介は屋敷内にある狭い牢で、ぶるぶると震えていた。

——おれが声なんか上げたから。

——おれが足を止めたりしたから。

逃げる途中でほんの一瞬、ふたつの風鈴が脳裏を過った。

ふたりの喜ぶ顔を思い浮かべながら、一生懸命に作ったことを思い出してしまったのだ。

——おれのせいだ。おれの……。

なんで思い出したりしたんだろう。なんで足を止めてしまったのだろう。

ただ必死で逃げていれば、涼風は命を奪われることはなかったのだ。

——おれが、涼風さまを殺してしまったんだ。

悲しくて恐ろしくて、涙すら出なかった。己のしでかしたことの重大さに、ただ膝を抱えてがくがくと震え続けた。

どれだけそうしていただろう。時間の感覚はとうになくなっていた。

突然、牢の鍵が開くがちゃりという音に、凜之介はハッと顔を上げる。巌風だった。憔悴しきったその表情に、息が止まるほどの後悔が込み上げてきた。

おれのせいです。申し訳ありません。どんな罰でも受けます。

頭に浮かぶ謝罪の言葉はしかし、声になることはなかった。言葉を発することも、まともに手足を動かすこともできなくなっていた凜之介を、巌風は抱え上げて牢の外へ出した。

「凜之介、今すぐ朱鷺風に戻るのだ」

なぜ、と尋ねる声すら出ないが、巌風の気持ちは痛いほどわかった。直接でないとはいえ自分の大切な息子を死に追いやった凪子の顔など、見たくもないのは当たり前だ。

ひとりでは立つことのできない凜之介を、巌風はその側近に託した。

「この者について、すぐにここを発つのだ」

側近の中でもひときわ大きな身体をしたその男に、巌風は言った。

「頼んだぞ、恵塊」

恵塊と呼ばれた側近は「はい」と大きく頷き、巌風の腕から凜之介の身体を受け取った。

朱鷺風は荒れに荒れていた。ひっきりなしに雷鳴が轟き、霙交じりの風雨が腕に頬に容赦なく吹きつける。晩秋の嵐は木々をなぎ倒し、家々の屋根を根こそぎ吹き飛ばしていた。

恵塊の腕に抱かれていなければ、凜之介の小さな身体などあっという間に飛ばされてしまったに違いない。

誰に説明されたわけでもないが、凛之介はヒリヒリとその肌に感じていた。

この嵐は風の神たちの怒りだ。たくさんの仲間を殺したカマイタチへの怒り。そして涼風を死なせた凛之介への怒りだ。

遠くに父の待つ家が見えてきた。屋根があることにほっとする。

——父さん……。

父の無事を祈ることすら、いけないことに思えた。

「歩けるか」

恵塊に問われ、小さく頷いた。まるで力の入らない両足を叱咤しながら、懐かしい我が家へ向かってよろよろと近づいた。分厚い黒雲に覆われた村は、まだ夕刻だというのに夜のように暗かった。けれど父のいるはずの家に、明かりはなかった。

気持ちは逸るのに、足が言うことを聞かない。転ばぬように一歩一歩、母屋に近づく凛之介の瞳が、暗い玄関の前に転がるそれを捉えた。

—まさか……？

次の瞬間、パッとあたりが明るくなり、それの正体をはっきりと照らす。同時にバリバリバリと激しい雷鳴が響き渡った。

——父さん！

声もなく叫び、よろめきながらそれに駆け寄った。

――父さん！　父さん！

抱きついて揺り動かした身体はしかし、霙の積もった冷たい身体はピクリとも動かない。

――父さん！　父さん！　父さん！

嫌だ。死んじゃ嫌だ。嫌だ。

父の首筋に手を当てた恵塊が、静かに首を振った。

「こと切れている」

「あ……うあああああ！」

喉も裂けんばかりの絶叫は、ふたたびの激しい雷鳴にかき消された。

父の亡骸に覆いかぶさり、凜之介はそのまま意識を失った。


目が覚めた時、硬い板の間に敷かれた薄っぺらい布団に寝かされていた。

――ここは……？

きょろきょろと見回すと、傍らで猪口を傾けていた大きな身体の男がぐいっと顔を近づけてきた。

「目が覚めたか」

「……だれ？」

どこかで見たことのある気がするが、誰だったか思い出せない。

「俺は恵塊」

吐く息が酒臭い。男が「食うか」と棒に刺さった何かを差し出した。

「山鳩の丸焼きだ。腹、減ってるだろ」

こんがりと焼けた香ばしい匂いに、腹がぐう～っと派手に鳴った。確かにものすごく腹が減っている。どうやらずいぶんと長い間眠りこけていたらしい。

「起きられるか」

ゆっくり起き上がろうとすると、身体の節々が軋むように痛んだ。思わず顔を顰(しか)めると、恵塊がその大きな手のひらを背中に添えて起こしてくれた。

「いただきます」

むしゃむしゃと、夢中で山鳩を喰らった。腹に肉が落ちるたび、少しずつ力が湧いてくる。

「あの、恵塊さま」

口の回りを汚しながら、傍らの大男を見上げた。

「恵塊でいい」

「恵塊は、おれの父さん？」

あまりに素直な問いかけに、恵塊は一瞬言葉に詰まり、それから静かに首を振った。

「おれはこの寺の住職だ」

「住職……お坊さん？」

どう見ても無頼人のように見えるのだけれど。

「お前は孤児だ。俺が拾って育てている」

「……そうなの」

むしゃむしゃとまた、山鳩を喰らった。

もうひとつ、聞いておかなくてはならないことがある。

「あのね、恵塊」

「なんだ」

「おれは、なんて名なの？」

恵塊は大きく目を見開き、それから天井を仰ぎながら静かに目を閉じた。

「そうだな」

ゆっくりと目を開き、恵塊が教えてくれた。

「小鈴」

「……小鈴」

「小さな可愛い風鈴みたいな声だから、小鈴」

——風鈴。

胸の奥がズキンと一瞬痛んだ気がしたけれど、お腹が空いていた小鈴は、そのまま山鳩を貪(むさぼ)り続けた。

「いっぱい食べて、早く元気になれ」

恵塊は大きな手のひらで、小鈴の頭をわしわしと撫でてくれた。

□□□□□

目が覚めた時、凜之介(りんのすけ)は硬い板の間に敷かれた薄っぺらい布団に寝かされていた。

——ここは……。

きょろきょろと見回すと、傍らで猪口(ちょく)を傾けていた大きな身体(からだ)の男がぐいっと顔を近づけてきた。

「目が覚めたか」

懐かしい部屋に、懐かしい声。

「……恵塊(けいかい)」

強烈な既視感。もしや時が九年前まで遡ってしまったのか。

「崖崩れに巻き込まれそうになったお前を、助けてくれたんだぞ。間一髪だった」

恵塊に促され、布団を挟んで彼とは反対側に視線をやった。

「雅風さま……」

「凜之介」

その声でその名を呼ばれた瞬間、恐ろしい速度で記憶が蘇った。

――そうだ、おれは……。

凜之介は弾かれたように薄い布団から飛び降り、転がりながら板の間に土下座をした。

「申し訳ありません、雅風さま！　申し訳ありません……申し訳……」

凜之介は繰り返した。身体ががくがくと震えて止まらない。

「頭を上げなさい、凜之介」

どうして頭を上げることができよう。凜之介は硬い板の間に額を擦りつけた。

「記憶を失くしていたとはいえ、数々のご無礼を……」

「お前に無礼を働かれた覚えはない」

凜之介はさらに激しく首を振る。

「こうしておめおめと生き永らえていること自体、許されることではありません」

涙が溢れ、冷えた板の間にぱたぱたと落ちた。

「おれのせいで涼風さまはあんなことに……それなのに図々しくもまた瑞風国へ」

「お前をふたたび瑞風国へ呼んだのは私だ」

「でも」

自分の愚かさのせいで涼風を死なせてしまった。その事実を変えることはできない。

九年ぶりに蘇った涼風の優しい笑顔は、凜之介の胸を容赦なく絞めつけた。

「あれはお前のせいではない」

「おれのせいです！」

凜之介は叫んだ。

「あの時、おれが風鈴のことなんか思い出さなければ……足を止めなければ……」

ひゅうっと喉が鳴る。こうして涙することすら傲慢に思えた。

幼かったとはいえ決して許されることではない。償う方法はひとつしか浮かばなかった。

凜之介は立ち上がり、庫裏の片隅に置かれた戸棚の引き出しから、小刀を取り出した。恵塊が狩りに出かけた際、獣を仕留める時に使っているものだ。

「おい、何をするつもりだ」

恵塊が猪口を床に置いた。雅風が無言で片膝を立てた。

「雅風さま、どうかこれで、おれを殺してください」

「何を馬鹿なことを……」

怒気を漲らせて雅風が立ちあがる。

「それをこちらによこせ」

「嫌です」

雅風が一歩、二歩と近づいてくる。凜之介はじりじりと後ずさった。

「殺してくれないのなら」

——いっそ自分で。

刃を喉に突き立てようとすると、雅風が素早く立ち上がった。そして目にもとまらぬ速さで凜之介の手から小刀を乱暴にもぎ取ると、土間に向かって放り投げた。

「憎むべきはカマイタチだ！　お前は何も悪くない！」

「いいえ、おれのせいです！」

「だったら私も同罪だ！」

雅風が叫ぶ。その声が涙を帯びていて、凜之介はハッとした。

「私にも同じだけの罪がある」

「そんなっ」

「聞け。賊がそこまで迫って来ているのに、私は風鈴を取りに戻ろうとした。お前は『戻らなくていい』と言ったのにだ。お前が初めてその手で風鈴を作ってくれたことが嬉しくて、私はいつになく浮かれていた。兄上はそんな私の内心に気づいていたのだ」

雅風の目が赤い。

「私が戻ろうとしなければ、兄上はあんなことにならなかったはずだ。しかも私は、私の代わりに風鈴を取りに戻ろうとする兄上を止めなかった。母上もだ。三人ともまだ大丈夫だろうと、間に合うだろうと高を括っていたのだ。カマイタチを甘く見ていたのだ」

「雅風さまは悪くありません！　風漣さまも！」

思わず叫んだ凜之介の肩を、雅風は両手で前後に揺さぶった。

「そうだ。誰も悪くない。どうしようもなかったのだ。だから何度でも言う。兄上の命を奪ったのはカマイタチだ。決してお前のせいではない」

雅風の両目が潤んでいる。凜之介の瞳から、ほろほろととめどなく涙が零れ落ちた。

「誰もお前を恨んでなどいない。私も、父上も母上も」

「でも……」

あの日母屋の前に倒れていた父の亡骸からは、焦げたような臭いがした。雷に打たれたのだとすぐにわかった。季節外れの凄まじい嵐だった。霙交じりの激しい雷雨。あれはまさしく天候を司る神々の激しい怒りだった。偶然などではない。涼風を死に追いやった凜之介への怒りが、父へと向かったのだ。

――おれは、父さんまでも殺した。

凜之介は強く拳を握り、唇を噛んで俯いた。

「私こそ、お前に謝らなくてはならない」

静かに頭上へ落ちてきた重苦しい声に、凜之介はゆっくり顔を上げた。

「私たちの力が及ばず、弥助殿を死なせてしまった」

涼風の死は、その日のうちに瑞風国を駆け巡った。風の神たちが悲しみに暮れる中、一部の側近たちの間に不穏な噂が立った。その日厳風と一緒に出かけていて難を逃れた十数名の側近のうちの、数名だった。

『涼風さまが亡くなったのは、どうやら風子のせいらしい』

『畏れ多くも風子が、自分の作った風鈴を涼風さまに取りに戻らせたという話だ』

『断ればよいものを。涼風さまはお優しいから……』

彼らの深すぎる悲しみは、のたうち回って心の出口を探すうち、事実を醜く歪めた。

風子のせいだ。風子が悪い。風子を追い出せ。

風子を殺せ――。

急速に膨れ上がっていく側近たちの誤った怒り。本来ならそれを鎮めるのは長である厳風の役目だった。しかし涼風の死を悲しむ間もなく国中の猛者を集め、カマイタチの残党の討伐に当たっていた厳風は、側近たちの心の異変に気づかなかった。屋敷にいて一部始終を見ていたはずの側近たちが、ひとり残らず命を落としてしまったことも事態を悪くした。

不穏な気配を最初に察したのは、厳風の右腕・恵塊だった。顔を見合わせれば凜之介への憎しみを露わにする何人かの仲間に、冷静になるよう何度も諭したが、彼等は耳を貸そうとしなかった。

「父上と恵塊は、ひとまずお前を屋敷内の牢へかくまうことにした」

しばらくの間暗い牢に閉じ込められていたことは朧げに覚えている。てっきり罪を償うために入れられたのだと思っていた。逆にかくまわれていたとは、今日の今日まで知らなかった。そのあたりから凜之介の記憶は曖昧になっていた。

「しかし彼らは、ほどなくお前の居場所に勘づいてしまった」

厳風の側近といえば腕の立つ者ばかりだ。それだけに瑞風国にいては凜之介の命が危ない。厳風は凜之介を朱鷺風に帰すことを決めた。ひとりでは危険なので恵塊につき添いを命じた。事件の翌々日のことだった。

夕暮れに紛れるようにして風子が朱鷺風に帰ったことを知った側近たちの怒りは、ついに頂点に達した。厳風の目を盗んで密会を開き、元々気の荒い轟雷国の神たちを焚きつけ、朱鷺風一帯に時ならぬ暴風と雷雨を起こした。

「その結果、弥助殿は……」

雅風はその形のいい唇を白くなるほど噛みしめた。

「憎きカマイタチは退治したが、それでも父上はあの時のことを死ぬまで後悔していた。弥助殿を助けられなかったのは自分の力不足だとな。そして私といえば——あまりにも子供で、あまりにも無力だった。ただただ悲しみに暮れることしかできずにいた」

凜之介は別の安全な場所にかくまわれていると聞かされていたものの、どうしても顔が見たくなり、父の帰りを待って尋ねた。

『凜之介はどこにかくまわれているのですか？』

『凜之介は朱鷺風に帰した』

恵塊が一緒だと聞いて、雅風は少し安心した。

『そうですか……次はいつ上がって来られるのですか？』

風子としてまだ半人前の凜之介が瑞風国へ上がってくるのは、月に二、三度程度だ。大抵二日ほど滞在し、朱鷺風へ帰るのが常だった。凜之介も今頃、小さな心を痛めているだろう。一刻も早く慰めてやりたい。柔らかい頰に伝った涙を、この指で拭ってやりたい。逸る心を抑えきれずにいる雅風に、厳風が告げたのは思ってもみない台詞だった。

『凜之介が瑞風国へ上がることは、この先二度とないだろう』

『えっ……』

『風子の役を解くことにしたのだ』

雅風は大きく息を呑んだ。

『なぜですか』

『凜之介のためだ』

『納得がいきません。まさか父上は、兄上の死が凜之介のせいだと』

『そうではない』

『ではなぜ！』

踵を返し、雅風は縁側を飛び降り、暗くなりかけた庭を裸足で駆け出した。

凜之介に二度と会えないだなんて。そんなこと、認めない。

『待ちなさい、雅風！』

厳風の声が屋敷に響いた時だ。上空を飛び回っていたとんびが一羽、厳風の肩に舞い降りた。鳥の姿はしているが、下界との伝令に使っている妖だ。

恵塊からの伝令なのだろう、とんびの囁きを聞くや厳風が『なんだと』と表情を変えた。

『凜之介に、何かあったのですか』

足を止めた雅風に、厳風は重苦しい面持ちで告げた。

『側近たちが数名、轟雷国を焚きつけて、断りもなく朱鷺風に嵐を起こした』

雅風はハッと息を呑む。

『凜之介は？　凜之介は無事なのですか？』

詰め寄る息子に、厳風は重々しい口調で告げた。

『凜之介は無事だ。しかし……雷に打たれて、たった今弥助殿が亡くなった』

『なっ……』

雅風は言葉を失くした。そのまま厳風が止めるのも聞かず朱鷺風へと下った。しかし辿り着いた千田家の母屋に明かりはなく、凜之介や恵塊の姿も、弥助の亡骸もなかった。

それでも諦めきれず、冷たい霙の降りしきる中、ひと晩中凜之介の姿を探し回っていた雅風の前に、いつの間に下りてきたのか厳風が立ちはだかった。明け方のことだった。

『風子は所詮風子。あまり思い入れすぎるな、雅風』

降りやまない霙のように、冷ややかな口調だった。

『凜之介は恵塊と一緒に、森の中にある恵風寺という古寺にいる。しかしその一帯には結界を張ってある。息子のお前といえど、破ることはできない』

そう言って厳風は去っていった。

風子は所詮風子。まるで自分たち風の神の道具だとでも言いたげだった。父の言葉だとは俄かには信じがたかった。厳しさの中にも常に温かさを忘れない父を、心から尊敬していたのに。涼風を失ったことで、父は変わってしまったのだろうか。雅風は悲しみと無力感に耐えながら、長い間その場に立ち尽くした。

「それから何度となくこの森へ来た。しかしどうしても結界を破ることができず……」

雅風は拳を握ったまま深く項垂れた。

「ずっとお前に謝りたかった。許してくれ、凜之介」

雅風が謝らなければならない理由が、一体どこにあろう。凜之介は激しく頭を振った。

そんな悲しい顔をしないでください、雅風さま。今、誰も悪くないとおっしゃったじゃないですか。雅風さまも悪くない。厳風さまも。だからそんな顔をしないで――。

思いは心を巡るけれど、声にすることはできなかった。事件のことも、涼風という神が存在していたことすらきれいに忘れ去り、今日までのうのうと生きてきた自分に、雅風に慰めの言葉をかける資格などありはしない。

『お前がすべてを知りたいというのなら、今ここで話そう』

あの夜、雅風は苦しそうな顔でそう言った。過去を語ることで傷つくのは、雅風なのだとばかり思っていたが、とんでもない思い違いだった。雅風が風鈴を土蔵に隠し、凜之介の目に触れないようにしていたのは、凜之介の心を守るためだったのだ。凄惨な事件を思い出せば凜之介がどれほどの衝撃を受けるだろうと、雅風はひとり胸を痛めていたのだ。

――そうとも知らずにおれは……。

俯いたままの凜之介に、雅風がゆっくりと近づいてくる。

「凜之介、どうかこれからも私の傍にいてくれないか」

手を伸ばせば触れられる場所から乞われ、凜之介はますます深く項垂れた。

「瑞風国には……いや、私にはお前が必要なのだ。頼む、凜之介」

雅風が右手を伸ばす。その指先が触れる直前、凜之介は左手をさっと背中に隠し一歩後ずさった。開いた距離の間に差し出した手を泳がせたまま、雅風が呟く。

「凜之介……」

顔を上げなくても凜之介にはわかる。雅風が今、どんな目をしているのか。

「瑞風国へは、もう行かれません……申し訳ありません」

絞り出すような声でようやく告げ、凜之介は深々と頭を下げた。

「考え直してはくれないか」

聞いたことのないほど苦しげな声に、胸が潰れそうになる。

「申し訳ありません……本当に……本当に申し訳ありません」

もう一度土下座をしようとする凜之介の背中を、ポンと叩いたのは恵塊だった。

「雅風さま、今日のところはこいつを休ませてやってくれませんか。記憶が戻ったばっかりで、まだ頭も心も混乱していると思うので」

恵塊はそう言って、凜之介の背中を撫でてくれた。凜之介が小さく頷くのを見て、雅風は何かを無理矢理断ち切るように「わかった」と呟いた。

また来る。そう言い残して雅風は庫裏を出て行った。

「いつまでも突っ立ってないで座れ」

恵塊に促され、寝かされていた布団の脇に、すとんと腰を下ろした。

「くたびれたのなら、もう一度横になれ」

凜之介は小さく頭を振った。身も心も疲れ果ててはいたが、横になったところでとても休まりそうになかった。恵塊は床に放り出された猪口を拾い上げ、酒盛りを再開した。

ちびりちびりと舐めるような飲み方が懐かしい。九年もの間ひとつ屋根の下で暮らしてきたというのに、たったひと月留守にしただけですべてが遠い昔のことのように感じる。

「小鈴っていう名前は、恵塊が？」

恵塊が「ああ」と頷く。

「念のために名前を変えろというのは厳風さまの指示だったが、つけたのは俺だ。お前が記憶を失くしてしまったのは想定外だったがな」

「そうだったの……」

何も……何も知らなかった。

「恵塊は、あれからずっとここにいたの？」

恵塊は厳風の側近だった。つまり彼もまた風の神なのだ。凛之介が雅風の命でふたたび瑞風国へ上がることになった時、一緒に戻ろうと考えはしなかったのだろうか。

「ああ。あとしばらくはここにいるつもりだ」

「どうして？」

「お前はまだ半人前だからな。こうしてたまに下界に戻ってくるだろう」

その時のために、恵塊は朱鷺風に留まっているということなのだろうか。

「もしかして一人前の風子になったら、おれは朱鷺風には戻ってこられなくなるの？」

恵塊は猪口の酒をくいっと飲み干し、静かに頷いた。

「そうだったんだ……ちっとも知らなかった」

「教えていなかったからな」

いつをもって、何をもって一人前とするのだろう。尋ねてみたい気はしたが、やめた。瑞風国と風子の間にどんな決まり事があろうと、もう凜之介には関係のないことだ。今後二度と瑞風国へ上がることはないのだから。

およそひと月前、雅風に連れられおそるおそる風の塔に上った。覚えのない歌が口から零れ出た時、自分が風子だからなのだと納得したが、そうではなかった。小鈴は忘れてしまっていたが、凜之介は覚えていたのだ。幼き日、塔のてっぺんで何度も何度も歌ったその歌を。

自分が瑞風国に上がることをやめれば、風の神たちの力は弱まり、朱鷺風はふたたび悪天候に見舞われ続けるだろう。

『豆風は毎年この時期になると鼻風邪をひくのだがな、今年はこの通り、くしゃみのひとつも出ぬ。元気もりもりだ』

豆風の弾けるような明るい笑顔を思い出し、鼻の奥がツンとした。九年前、風漣のお腹にいた赤子。それが豆風なのだろう。あの凄惨な事件を乗り越え、風漣が無事に出産していたことは、真っ暗な闇の中にたったひとつぽつりと灯った明かりのように思えた。

豆風は今頃何をしているのだろう。早速鼻風邪をひいていないだろうか。

――豆風……風鈴を見たいなんて嘘をついて、ごめん。

込み上げてくる涙をぐっと押しとどめる。

雅風は豆風に、勝手に屋敷の外に出ることを慎めと言い含めていた。凜之介にも同じことを告げた。訪ねてきた者を断りなく屋敷内に通すことも禁じた。豆風はそんな兄を「心配性なのだ」と言い窮屈に感じていたようだが、それはカマイタチの恐ろしさを知らないからだ。

雅風が何を恐れていたのか、今なら痛いほどわかる。厳風によって根こそぎ退治されたとはいえ、国のどこかに残党がいないとも限らない。たったひとりの大切な弟が、万が一にもカマイタチの残党に遭遇したら……。想像しただけで身の毛がよだつ思いだっただろう。

「涼風さまじゃなくて、いっそおれが殺られたらよかったんだ」

そうすれば九年もの長い間、雅風を苦しめることはなかったのだ。

唸るような呟きに、恵塊は眉を吊り上げた。

「冗談でもそんなことを言うもんじゃない。誰が犠牲になっても悲しみは同じだ。憎むべきはカマイタチ。雅風さまもそう言ったろ」

「………」

「涼風さまじゃなくてお前が死ねばよかったなんて、雅風さまはこれっぽっちも思っていない。厳風さまも風漣さまも、俺だって同じだ。二度と今みたいなことを口にするな」

いつになく厳しい口調に、凜之介は深く項垂れた。

「凜之介って名前を封印したのは、カマイタチの残党がおれを追って朱鷺風まで来るかもしれないと思ったから？」

上目遣いに見やる。思塊は猪口を傾けながら「ああ」と頷いた。

「この寺の周りに結界を張ったのも？」

「それもある。が、それよりも……」

「それよりも？」

「厳風さまが警戒していたのは、カマイタチだけじゃない」

怒りを暴走させ朱鷺風に嵐を起こした側近たちを、厳風は厳しく罰した。涼風の死を悲しむあまり仕出かしたこととはいえ、統治すべきはずの朱鷺風の地を荒らし、あろうことか罪もない弥助の命を奪ったのだ。

「元々は忠誠心の強い者たちだっただけに、時間が経つにつれ、厳風さまの怒りと悲しみを理解し、みな後悔の涙に暮れていた。何人かは罪の重さに耐えきれず自害した」

自害しなかった何人かは、刑期が終わると牢から出された。側近の任を解かれ屋敷を出された彼らが、万が一の行動を起こさないとも限らない。だから厳風はあらかじめ寺の周囲に結界を張っておいたのだという。

——おれなんかのことを、そこまで……。

凜之介はぐっと唇を嚙んだ。すべては凜之介の身を案じてのこと。だから恵塊もまた、凜之介が村へひとりで出ることをよしとしなかったのだ。

——何も知らずにいた。おれだけが何も……。

この九年間、残された者たちはどれほど悲しみ苦しんできただろう。風漣が床に伏してしまったのは間違いなく自分のせいだ。厳風も、死の瞬間まで事件のことを忘れることはできなかったに違いない。

——雅風さまだって……。

みなが悲しみに暮れている間、自分だけが都合よく記憶を失い、九年間ののうのうと生きてきたのだ。のんびりとした平和なこの古寺で、恵塊に守られながら。

『誰もお前を恨んでなどいない。私も、父上も母上も』

雅風はそう言ってくれた。けれど凜之介自身が、そんな自分を許すことができない。何もかも今まで通りになど、できるはずがない。雅風と語らい豆風と戯れる、心が弾むような楽しい時間を過ごすことはもうできない。

——ましてや雅風さまに恋心を抱くなど……。

霙の降る中自分を探し回ってくれたと聞かされ、心が震えた。恵風寺の近くまで何度も会いに来てくれたと知り、申し訳なさと同時に心が疼くような喜びを覚えた。

心の奥にそっと隠した湿度の高い感情を、雅風に知られたらどうしようと、いつも甘い怯えを抱いていたけれど、もう心配する必要はなくなった。

雅風に会うことはもう二度とないのだから。

――雅風さま……。

張り裂けそうに、胸が痛い。

「なんというか……難儀な性分よ。あのお方は」

恵塊が嘆息する。あのお方というのは、雅風のことだろう。

「一国の長が、風子に遠慮してどうするってんだ」

酒臭い息にのせて吐き出された台詞は、長である雅風に失望し、風子である凜之介を貶めているようにも取れなくはない。しかし恵塊の瞳に蔑みの色はなかった。目の前の現実を、誰よりも冷静に受け止めようとしているように見える。

酔っているようで酔っていない。恵塊はいつもそうだ。

『風の神の国「瑞風国」長・雅風の命により、ただ今より瑞風国に上がり、神々に仕えることを命じる』

野盗から助けてくれた、あの日の声が鮮やかに蘇る。もしも今あの時と同じように、もう一度長としての命を下されたら、一体自分はなんと答えただろう。詮無いこととわかっていても、とめどない思いがぐるぐると駆け巡る。

「恵塊、おれが時々こっそりと村へ出かけていたこと、もしかしてずっと気づいていた？」

「当たり前だ」

悪びれる様子もなく恵塊は頷いた。

「やっぱり……」

飲んだくれの生臭坊主だと思っていた恵塊は、風の神の長の側近だった。しかも右腕だったというのだから相当に有能なのだろう。どんなに酔っぱらっていたって、与えられた任務を怠るわけがない。

「どうして見て見ぬふりをしてくれてたの？」

「瑞風国で何か異変があれば、即座に伝令の妖が飛んでくることになっていたからな」

カマイタチが生き残っていて、しかも朱鷺風まで凜之介を追ってくる可能性は万にひとつもない。事件で解任された側近たちも、全員その居場所を確認できているのだという。

「しかしまあ、お前がいそいそと村へ道場見学に出かけている間は気が気じゃなかったからな。こそっと後をつけたりもしていた」

「そうだったの……気づかなかった」

「そうまでしてお前を結界の外へ出してやっていたのに、雅風さまときたら」

恵塊が嘆息する。

「雅風さま？」

雅風がどうかしたのかと、凜之介は首を傾げる。

「……いや、なんでもない」

恵塊は話を逸らすように「お、酒がなくなった」と瓢箪を手に厨へ行ってしまった。

――なんだったんだろう、今の。

もう一度首を傾げているうちに、別の瓢箪を手にして恵塊が戻ってきた。

「お前の気持ちをわかった上で、それでもあえて言わせてもらうがな」

恵塊は厳しい表情のまま続けた。

「好むと好まざるとに拘わらず、お前は風子として生まれついた。その宿命から逃れることはできないんだ。風の神の力だけで朱鷺風を守ることはできない。お前の力が必要なんだ」

「…………」

頭では理解していても、心がその事実を拒絶した。雅風の顔を見れば、ひた隠しにしている恋心が疼き出すに違いない。決して許されることのない願いを悟られないように、平然と淡々と風子の任だけをこなすなんて、とてもできそうになかった。

「でも厳風さまは、『風子の役を解く』とおっしゃったんでしょ?」

恵塊は「それは……」と言い澱み、苦い顔で猪口に口をつけた。自分の身を案じてくれている厳風の言葉を逃げ口上にしてしまった。凜之介はひどい自己嫌悪に襲われた。

「恵塊は……おれを卑怯者だと思う?」

涙をこらえて尋ねた。恵塊は答えず、凜之介の頭に大きな手のひらをポンと乗せる。こぶの見舞いだと寝室にやってきた雅風の、優しい手のひらを思い出し、涙が零れそうになる。

雲菓子が食べ放題になる春を、心から楽しみにしていたのに。

「雅風さまは、おれが小鈴のままの方がよかったと思っているのかな……」

それでも、と凜之介は思う。記憶を失くしたままの幸せなどありはしない。

偽りの幸せの中で生き続けるくらいなら、真実の刃を胸の奥深くまで突き刺してほしい。

己の血の海でのたうち回ることになったとしても、その胸には決して消えない思い出がある。

『詫(わ)びだ。食え』

瑞風国に上がるようになって間もなくの頃、半人前だとからかわれて泣き出した凜之介に、雅風は雲菓子を差し出した。ぶすっとした顔とは裏腹に、雲菓子は蕩(とろ)けるように甘かった。

初めての夜祭りの花火。雅風は土手に胡坐(あぐら)をかき、そこへ凜之介を座らせてくれた。

『きれいですねえ』

『ああ。きれいだ』

花火の音にも負けないほどの、胸の鼓動を覚えている。

『来年は、涼風さまも来られるといいですね』

『……ああ、そうだな』

そう言って凜之介の小さな身体をぎゅっと抱きしめてくれた。

ずっとずっとあの時間にいたかった。雅風の腕の中にいたかった。あの時雅風はどんな顔をしていたのだろう。こんな未来が訪れるとわかっていたら、来年などやって来ないと知っていたら、ちゃんと後ろを振り返って花火を映した愛しい瞳を見上げたのに。

幼すぎて名前をつけられずにいた甘い感情が、恋なのだと気づいたのは最近のことだ。

気づかなければよかった。こんなに苦しい気持ちになるのなら。

――雅風さま……。

楽しい思い出がまた、涙を連れてくる。濡れた瞳をぐいっと拳で拭うと、恵塊が何度目かの酒臭いため息をついた。

「さあな。本人に聞いてみな」

その呟きがさっきの質問の答えだとわかるまで、少し時間がかかった。

ふと、恵塊の背中の壁に飾られたそれが目に入った。凜之介は息を呑む。

「それ……もしかして」

凜之介が何を言わんとしているのか、恵塊にはわかっているようだった。上半身を捩って振り返り、斜め上にあるそれを見上げた。

「弥助殿が亡くなって、あの家は工房ごと取り壊されることになって……だからこれだけ、取り出してきたのさ」

気づいた時には壁に飾られていた。茶色く枯れて茎だけになっていたけれど、凜之介はそれが何なのか、何だったのかを知っている。九年前の夏祭りの日、河原の土手で雅風が作ってくれた、シロツメクサの花冠だ。

凛之介は立ち上がり、壁に近づくと、茶色い円をそっと手に取った。
「あっ……」
もう限界まで枯れていたのだろう、冠は凛之介の手の中で、その形を崩してしまった。
はらはらと、乾いた草の茎が床に落ちる。
——雅風さまっ……。
こらえ切れず、また熱い涙が溢れる。凛之介は庫裏を飛び出した。
「うっ……っ……」
激しい雨音に嗚咽を紛らせた。
吸い込まれそうな深い闇の中で雨に打たれながら、凛之介は誓った。
——ここで、この場所で、贖罪の日々を送るんだ。
この身に死が訪れるその日まで。

わかっていたことではあったが、朱鷺風の天候は日に日に悪化していった。数日に一度、気まぐれに晴れ間が広まることもあったが、半日も持たずに空はまた分厚い雨雲に覆われ、強い風と雨に襲われる。

恵塊は以前とまったく変わらない様子で昼間から猪口を傾けていた。つまみが切れると藁(わら)で作った合羽を羽織り森へ向かい、雨の降りしきる中何かしらの獣を仕留めてくるのだった。

凜之介といえば、朝から晩まで本堂に籠(こも)り、懺悔(ざんげ)の時間を過ごしていた。

記憶を失うきっかけになった凄惨な事件。蘇った場面のひとつひとつを反芻(はんすう)する作業は辛(つら)く苦しく、数日は食事もろくに喉を通らず布団に潜ってばかりいた。いっそ目が覚めなければいいのにと、朝を迎えるたび憂鬱なため息が零れる。けれどさすがにずっとこのままというわけにはいかないと、無理矢理起き上がって本堂へ向かった。

死ぬまでここで祈りと懺悔の日々を送る。そう決めたからには、まず祈りの場を整える必要がある。凜之介はまず蜘蛛(くも)の巣が絡まって木乃伊(ミイラ)のようになっていた須弥壇(しゅみだん)を掃除し、続いて灰白の埃(ほこり)に鼠(ねずみ)の足跡が走っていた床板を隅々まで拭(ふ)き上げた。すると須弥壇の裏側に落ちていた本尊を発見。何年分かもわからない汚れを丁寧に落とし、壇の真ん中に恭(うやうや)しく鎮座させた。

凜之介を連れた恵塊がこの寺に辿り着いた時、ここはすでに荒れ放題の廃寺だったという。それでも本堂があり本尊があった（須弥壇の裏にではあるが）ということは、その昔ここで弔われた魂があり、死者との別れの涙があったということだ。

顔も名前も知らない死者とその家族に、凜之介は手を合わせる。そして自分のせいで未来ある命を散らしてしまった涼風と半年前に亡くなった厳風に、深い懺悔の祈りを捧げた。

そうしているうちに日一日と秋は更に深まり、朝な夕な立てつけの悪い戸の隙間から冷たい風が吹き込むようになってきた。荒れた天候の中でも木々は茶色く色づいたけれど、見上げて愛でる人もないまま雨に打たれ、池のようになった地面に寂しく散っていった。

「酒が切れた。買ってくる」

その日、いつものように須弥壇に向かっていると、庫裏から恵塊が出てきた。記憶を取り戻して十日目のことだった。凜之介は思わず閉じていた目を見開き、背後の恵塊を振り返った。恵塊が自ら酒を買いに行くなんて、初めてのことだったからだ。

「村に行くの？」

「ああ」

凜之介がいない間は、自分で村まで買いに行っていたのだという。

「おれが買ってこようか」

恵塊は「いや」と首を振った。

「雨が強い」

「これくらいの雨、全然平気だよ」

「俺が行く。お前はここにいろ」

恵塊は蓑合羽を羽織ると、降りしきる雨の中、村へと出かけてしまった。

まだ立ち直れていない凜之介を心配しているのだろうか。それとも「以前の暮らしに戻るつもりはない。お前は風子なのだから一刻も早く瑞風国へ上がれ」という暗黙の意思表示なのだろうか。あるいはその両方か。いずれにしても、わずかな駄賃を惜しんだわけではなさそうだ。凜之介は短く嘆息し、また須弥壇に向かった。

どれくらいそうしていただろう、ふと屋根を叩く雨音がやんでいることに気づいた。心なしか差し込む光が明るい。凜之介は立ち上がり、本堂の扉を開けた。十日前に崩れた崖が目に飛び込んできたが、土砂は幸い庫裏の一歩手前で止まっていた。

「わぁ」

思わず小さな声を上げたのは、久しぶりに真っ青な空が広がっていたからだ。眩しさに目を眇める。ひんやりとした晩秋の空気を胸いっぱいに吸い込むと、沈んだままだった心がほんの少し軽くなるのを感じた。

——これが本来あるべき朱鷺風の空なんだ。

風子である自分がその役目を果たしていないことで、朱鷺風一帯は悪天候に見舞われ続けている。田畑を持つ者は気が気でないだろうし、村人の誰もが鬱々とした気分で過ごしていることだろう。

上空でとんびが一羽、つかのまの晴れ間を楽しむように羽を広げていた。

「とんびは　そらに　くるりとな」

口ずさむ間に、とんびはいなくなってしまった。悪天候が続き、輪を描くことも忘れてしまったのだろうか。そんなことすらすべて自分のせいなのだと思うと、軽くなりかけた心がまたずっしりと重くなっていく。凜之介は迷いを振り切るようにパン、と両手で頬を叩いた。

恵塊は酒だけでなくつまみも切らしていたはずだ。このわずかな晴れ間を利用して、久しぶりに森へ食料を調達に出かけようと思い立った。

雨に濡れた草をかき分け、けもの道を進む。野兎（のうさぎ）の一匹も仕留められればいいのだけれど、残念ながら凜之介の猟の腕はからっきしだった。竹刀ならそれなりに扱えるが、凜之介の「面」で気絶してくれるような、のろまな野兎などいない。

凜之介は早々に野兎を諦め、道端の山菜をせっせと採り始めた。雨露に濡れながら、一刻（いっとき）ほどかけて小さな籠（かご）いっぱいの山菜を採り集める頃には、山際が橙（だいだい）に染まっていた。

そろそろ日が暮れそうだ。凜之介は来た道を寺に向かって下った。

「恵塊、もう帰ってきたかな」

心配をかけてはいけないと急ぎ足で戻ってきた凜之介は、敷地の手前でふと足を止めた。参道の入り口に立つ「恵風寺」と彫られた寺標の陰に、人が立っているのが見えたからだ。影はふたつ。ひとりは瓢簞を四つばかりぶら下げている。

——恵塊と……誰だろう。

村の誰かだろうか。夕暮れに目を凝らしながら、ゆっくりと近づいていく。蔦（つた）の絡まった寺標の向こうに立つその姿が目に入った瞬間、凜之介は息を止めた。

白い着物を纏ったすらりと背の高い後ろ姿。

——雅風さま……。

思わずその名を口にしそうになり、慌てて両手で塞ぐと、ふたりに気取られないように、なんとか会話が聞こえるあたりまで近づいた。

「あと十日であいつは十七になっちまう。見習い期間は終わりなんですよ？」

「わかっている。お前に言われなくても、そんなことは」

「だったら何をぐずぐずしているんですか」

「ぐずぐずだと？」

「事実を申し上げたまでです」

苛立ったような口調で、恵塊が雅風に詰め寄っている。そんな雰囲気だった。

「いいですか雅風さま、あなたは瑞風国の長なんだ。何があろうとも、風子はあなたの命にそむくことはできない」

「凜之介の意思を無視しろというのか。あいつが負った心の傷を」

「放っておいたら傷は癒えるんですか？」

「放っているわけではない！」

「放っているも同然でしょう」

ただならぬ緊張感に、凜之介はごくりと唾を飲んだ。

「凜之介がしばしば結界の外に出かけていたことに、気づいておられましたよね。それなのにあなたときたら、こんなに切羽詰まるまであいつを連れ帰ろうとしなかった。ようやく記憶が戻ったというのに、こうしてまだもたもたと」

「…………」

「生きていれば、心に傷などいくらでも負いましょう。深い傷、浅い傷、癒えない傷……神も人も、それを抱えて生きていくしかないんです。あなたがそうして迷っている間にも、刻限は近づいている。取り返しのつかないことになりますよ」

一体なんの刻限だろう。凜之介が首を傾げたその時だった。

「私は……風子の儀式というしきたりを、心から憎んでいる」

絞り出すように、雅風が唸った。

——風子の儀式？

初めて耳にする言葉だった。どうやら瑞風国と風子の間には、凜之介のまだ知らない決め事があるらしい。凜之介は身体を硬くし、生い茂る薄(すすき)の陰に身を潜めた。

「あなたが風子の儀式を憎もうが恨もうが、しきたりを変えることはできないんです」

「わかっている！　しかし……」

「風子は十七になったその日、風の塔から飛び降りる。地面に落ちるまでの間に風子の身体は風となって消え、風と同化する。風子はようやく本物の風子となり、それからおよそ百年に亘り、風の神に力を与え続け、朱鷺風の天候を守る――。太古から、そう決まっているんです」

耳から入った恵塊の言葉を、脳が理解するのにしばらく時間がかかった。

――どういう……こと？

十七になったその日、風の塔から……

風子の身体は風となって消え……

ようやく本物の風子となり……

「言われなくてもわかっている」

「わかっているのなら、行動を起こしてください。あと十日しかないんですよ、雅風さま。あいつが朱鷺風で十七の誕生日を迎えてしまったら、もう二度と瑞風国へ上がることはできなくなる。あいつは風子ではなくなり、俺たち風の神と、二度と会うことは叶わなくなる。躊躇している時間はないんです」

「…………」

「たとえ瑞風国の長であっても、風子の運命を変えることはできない。受け入れるしかないんです」

言い含めるような恵塊の声に、雅風がなんと答えたのか凛之介にはわからなかった。

カタカタと歯の根が合わないのは、日が落ちてあたりに立ち込め出した冷気のせいだけではない。

——そうだったのか……。

風子とは、風の神たちへの生贄だったのだ。

十七になるまでは見習い。だからこうして瑞風国と朱鷺風を自由に行き来することが許されている。しかし十七になったその日、風子は風の塔から飛び降り、風と同化する。つまり死をもって真の風子となり、次の風子が生まれるまで朱鷺風の天候を守る。

——そういうことだったのか……。

カタカタと震えながら、凜之介は心の中で繰り返す。

なぜあの日、雅風が突然朱鷺風に下りてきたのか、その理由が今ようやくわかった。儀式の刻限が近づいた風子を、百年に一度の生贄を、迎えにやって来たのだ。

雅風が時折見せる仄暗い瞳。飲めもしない酒を呷りこっそり泣いていた父。役を解いたはずの風子に自分の右腕を侍らせた厳風。凜之介の行く末が楽しみだと雅風が言った時、急に俯いてしまった風漣——。

不思議に感じていたあれこれが、一本の線になって繋がっていく。

大切にされていると感じていた。その感覚はきっと間違ってはいなかった。ただし千田凜之介というひとりの人間としてではなく、瑞風国の生贄として大切にされていたのだ。

庭掃きの時に歌っていたわらべ歌を、雅風は知っていた。覚えのない時間にも雅風と繋がっていたのだと心を震わせたけれど、とんでもない思い上がりだった。

当時は十三の少年だった雅風が、年を追うごとにめきめきと力をつけていったことは想像に難くない。後に長となるほどの能力を持っていた雅風なら、結界のひとつやふたつどうにでもできたはずだ。よしんば厳風の意に逆らうことができなかったとしても、厳風が亡くなり自分が長となった半年前に、迎えに来ることはできたはずなのだ。

けれども雅風はそうしなかった。儀式の刻限が近づき、ようやく重い腰を上げたのだろう。

雅風にとって凜之介は、瑞風国と朱鷺風を守るための生贄でしかなかった。

突きつけられた真実の残酷さに、涙すら出ない。身体がぶるぶると震える一方で、心の奥が次第にしんと冷えていくのを感じていた。

『お前の歌を聞かせてくれ、小鈴。楽しみにしていたのだ』

ぎこちないけれど温かな笑みに、胸が熱く疼いた。

『これからお前の身に何が起ころうと、案ずることはない。お前は私が守る』

腕に込められる力に、この上ないほどの安堵を覚えた。

雅風の匂いを胸いっぱいに吸い込み、時よ止まれと本気で願った。あまりに幸せな時間だった。だから勘違いしそうになってしまった。いや、勘違いしていたのだ。

優しい言葉に絆され、温かな腕に蕩かされ、恋心を抱いてしまった。九年前、幼すぎて理解できなかった甘い感情に、名前をつけてしまった。

「もう日暮れだというのに、凜之介は一体どこへ行ったのだ」

「結界から出た様子はありません。森に山菜でも採りに行ったんでしょう」

「ならよいが……」

「心配いりません。そろそろ帰ってくるはずですから」

雅風があたりを窺って（うかがって）いる。凜之介は薄の陰できゅっと身を縮めた。

明日必ずまた来る。そう言い残して雅風は去っていった。ふわりと浮いた白い影が森の奥へと消えていく。瓢箪をぶら下げた恵塊が庫裏に入っていくのを待って、凜之介はゆっくりと立ち上がった。

明日、瑞風国へ上がろう。宵闇（よいやみ）の中で背を伸ばした時には、もう腹は決まっていた。迷ったり、惑ったり、わずかな揺らぎも感じない。決意は固かった。

日がな一日、本堂に座して亡き人への懺悔を繰り返す道を、一時は選んだ。しかしどれほどの時間をそうして過ごそうとも、所詮は自己満足にしか過ぎないと、心のどこかでわかっていた。

与えられた宿命を受け入れ、命を賭して風の神たちの力となることこそ真の贖罪。凜之介は今、はっきりとそれを認識した。逃げることは許されない。逃げようとも思わない。

なぜならそれは、愛しい雅風の願いでもあるのだから。

――雅風さまが好きだ。

残酷な宿命を知ってなお、思いは消えない。霞むどころか徐々に熱量を上げている気さえする。

雅風の望みは凜之介の望み。死など何も恐ろしくない。

風と化し、涼風の魂とともに、愛しい雅風に力を貸すのだ。

凜之介は薄の陰から歩き出す。

「ただいま」

元気よく庫裏の扉を開ける。

「おう、遅かったじゃないか」

恵塊の顔を真っ直ぐに見ることは、さすがにできなかった。

「山菜が思ったよりたくさん採れちゃって。今茹でるね」

明るい声で答えて厨に向かう。鍋に水を張りながら、勝手に頬を伝った涙を拭った。


翌朝、約束通りやってきた雅風が切り出す前に、凜之介は自分から「瑞風国に上がることにした」と告げた。突然意を翻した凜之介に、恵塊は一瞬訝るように眉を寄せ、驚きを隠せずにいる雅風の横顔をちらりと見やった。

「本当に、来てくれるのか」

凛之介は「はい」と笑顔で頷く。

「こいつの気が変わらないうちに、とっとと連れてってください」

恵塊はくるりと背を向け、一番大きな瓢箪を手にした。

ろくに別れの挨拶もしないまま、雅風と連れ立って森の奥へと向かった。そぼ降る雨の中けもの道を歩く間中、ふたりとも口をきかなかった。

「凛之介」

祠の前に立つと、雅風がようやく重い口を開いた。

「……はい」

「ひとつ、確かめておきたい」

祠の扉に一度かけた手を放し、雅風が振り返った。

「以前私は、何が起ころうとお前を守ると約束した。覚えているか？」

『これからお前の身に何が起ころうと、案ずることはない。お前は私が守る』

あの夜のことを、もちろん忘れるはずがない。

「覚えています」

凛之介の返事に、雅風は厳しい表情をほんの少し和らげて頷いた。

「ならよい。くれぐれも忘れるなよ。いいな」

きた。

ほどなく瑞風国側の祠を出た。扉を開けると、いきなり正面から小さな塊が体当たりして
凛之介が頷くのを見届けると、雅風はもう一度祠の古びた扉に手をかけた。

「……はい」

「うわぁっ！」

腰を抜かさんばかりに驚く凛之介に、塊はその顔を上げてニカッと白い歯を見せた。

「豆風さま」

「よう帰ってきたな、凛之介！　待ちくたびれたぞ。あ、兄さまもお帰りなさい」

「も、とはなんだ」

傍らで雅風が呆れた声を出す。

「豆風さま……」

凛之介。初めてその名を口にした豆風は、ちょっぴり照れくさそうに鼻の下を指で擦った。

「小鈴の本当の名は凛之介なのだろう？」

「ええ」

「小鈴という名もなかなかよい名ではあったが、凛之介というのも悪くないぞ？　うん。剣術の師匠にふさわしい名だ」

しかつめらしく腕組みをする豆風に、凛之介は雅風と顔を見合わせて笑った。

——笑っている。雅風さまが。

久しぶりに見た雅風の笑顔に、凜之介の心はひと時、穏やかな温もりに包まれた。

朝起きると風の塔に上り、歌を歌う。朝餉を平らげるのを待ちかまえていたように豆風がやってきて剣術の稽古をつける。半月近く竹刀を握っていなかったせいですっかり腕を落としてしまった凜之介とは対照的に、豆風は驚くほど腕を上げていた。毎日欠かさずひとりで稽古をしていたのだという。

「豆風さまに、謝らなくてはならないことがあります」

「謝らなくてはならないこと？　なんだ」

稽古の合間、ふたりは汗を拭きながら縁側に並んで腰を下ろした。

「おれが黙って朱鷺風に発った日のことです」

恵塊が心配になり朱鷺風に戻ろうと決意した凜之介は、「風鈴を見たい」と嘘をつき豆風を遠ざけた。豆風を騙してしまったことが、ずっと心のしこりになっていた。申し訳なかったと謝ると、豆風は「そんなことを気にしていたのか」と肩を竦めた。

「豆風が、それくらいのことでへそを曲げるような心の狭い男だと思っているのか？」

凜之介は「いいえ」と首を振る。

「寒さが厳しくなる頃には、九つになるのだ。豆風はもうおぼこではない」

九つはまだまだおぼこだ。そうは思ったものの、凜之介は「そうですね」と頷いた。額に汗を光らせて庭を真っ直ぐに見据える豆風の横顔が、少し会わない間にずいぶんと大人びて見えたからだ。

小鈴の本当の名は凜之介。これからはそう呼ぶようにと命じたのは、おそらく雅風だ。以前風漣の口から聞いていたとはいえ、敏（さと）い豆風が理由もなしに納得するとは思えない。きっと九年前の事件について、雅風からある程度の説明を受けているのだろう。

もうひとりの兄のこと。その命が失われた原因が凜之介にあること。豆風がどこまで知っているのか、その横顔から窺い知ることはできなかった。

「九つになるまでに、一度でいいから凜之介から一本取りたいものだ」

竹刀を弄（もてあそ）びながら、豆風がため息をついた。

「豆風さまは、もう十分お強いですよ」

「この程度で満足なものか」

豆風はぴょんと庭に飛び降りると、目を輝かせて宣言した。

「九つになる前に、必ず凜之介を負かしてみせる」

その幼くも凜々（りり）しい顔を、凜之介は直視できなかった。

豆風が生まれたのは暮れのことと聞いている。彼が九つの誕生日を迎える日、凜之介はもう生きていない。次第に近づいてくる別れの足音は、豆風には聞こえていない。

以前と変わらない淡々と平和な毎日。そんな中ただひとつ変わったのは、夜ごと雅風が凛之介の部屋を訪ねてくるようになったことだ。昼間は忙しく、ほとんど屋敷にいない雅風だが、帰宅するなり凛之介の部屋の襖を開けるようになった。

何をするわけでもない。お茶を飲みながら互いにその日あったことを話す。つまらないことで笑い合い、時には凛之介がわらべ歌を歌ったり。何気ない時間を雅風と過ごせることがただただ楽しくて幸せで、宿命の日がそこまで迫っていることを、つい忘れそうになる。

その日、雅風がやってきたのは夕刻の、まだ日のある時間だった。十七の誕生日まであと三日に迫った日のことだ。

「少し、外を歩いてみないか」

誘われて雅風とふたり、屋敷の外を初めて散歩した。

「ずっと屋敷に閉じ込めていること、すまないと思っている」

凛之介は首を振った。

「おれの身を案じてのことだと、わかっていますから」

「本当は毎日でも、こうして散歩をしたいのだが」

「おれも……です」

恋人同士のような会話に照れて、俯きながら歩く。

ふと、隣を歩く雅風と指先が微かに触れ合った。ハッと顔を上げると、雅風も同じような顔でこちらを見下ろしていた。

「すみません……」

手が当たらないように距離を取ろうとすると、雅風の長い腕が伸びてきて、凜之介の手を握った。

「が、雅風さまっ」

「こうして歩こう」

戸惑う凜之介の手を引き、雅風はすたすたと歩き出してしまう。

幼い頃も、再会してからも、凜之介と向き合う時、雅風はいつもどこか躊躇いがちだった。

こんなふうに強引に手を引かれたことは初めてで、凜之介の方が戸惑ってしまう。

「私と手をつなぐのは嫌か？」

「そうではありませんが」

「ならいいだろう」

大きな手のひらにぐっと力が込められる。好きな人に手を引かれて、嫌な人間がどこにいよう。凜之介はうっすらと頬を染め、「はい」と小さく呟いた。

そうしてどれくらい歩いただろう。辿り着いたのは土手のような場所だった。草の坂を下りると石ころだらけの河原があり、その向こう側にはなだらかに七曲りを繰り返す川が流れていた。

「瑞風国にも川があるんですね」

凜之介は驚きを隠さなかった。川の流れに視線をやったまま、雅風が頷いた。

「瑞風国には太陽がない。雨も降らない。それでもしかし川は流れ、海に注ぐ」

自然の摂理とは無縁。すべては神の国ゆえのことなのだろう。

「海か……」

凜之介は海を知らない。いつか見てみたいなあと、口を突こうとした台詞を呑み込んだ。

「凜之介、この場所はどこかに似ていると思わないか」

雅風に聞かれるまでもなく、土手に立った時から凜之介も感じていた。

「花火を見た河原に、よく似ていますね」

見上げると、雅風が「ああ」と頷いた。

「お前をここに連れてきたいと思っていた。ずっと」

「雅風さま……」

「お前を喜ばせたかった。お前の喜ぶ顔が見たかったのだ」

ゆっくりと雅風が振り向く。いつになく熱量の高い視線に射られ、凜之介は息を止めた。

――雅風さま、やっぱりいつもと違う。

不愛想で照れ屋の雅風はどこへ行ってしまったのだろう。「座れ」と凜之介の背中にそっと手を回すその仕草からは、迷いも照れも感じられなかった。

「そこで少し待っていろ」

雅風はそう言うと、少し離れた場所に移動し、こちらに背を向けてしゃがみ込んだ。夕暮れの土手で、突然何を始めたのだろう。見当もつかない凜之介は、仕方なく雅風の背中を見つめていた。

――広い背中だな。

九年前、凜之介は七つ、雅風は十三だった。恵塊の元で十六まで育ち、あと三日で十七になるというのに、今の自分があの頃の雅風の年を超えたなんて、とても思えなかった。

十三の雅風は、今よりもっと不愛想でぶっきらぼうで時に意地悪だったけれど、今と同じように芯の強い少年だった。滅多に見せてくれない優しい笑顔はドキドキするほど素敵で、宝物のように思えてしまうのは、今も昔も同じだ。

お前の喜ぶ顔が見たかった。今日に限ってそんな素直な言葉を口にするのは、きっと風子の儀式が迫っているからだ。こうして言葉を交わせるのも、笑い合えるのも、あと少しの時間だからだ。

そう考えると、胸の奥がギシギシと音を立てて軋(きし)むけれど、決して顔には出すまいと決めている。風子が生贄であることも、儀式の日が別れの日であることも、何も知らないふりをして、残り少ない贖罪の日々を過ごすのだ。

「雅風さまぁ、まだですかぁ」

ことさら明るい声をかけたのと、雅風が「よし」と立ち上がったのは、どちらが先だったろう。くるりと振り返り歩いてくる雅風の顔は、気のせいか少し緊張しているように見えた。

「これを、お前に」

ん、と不愛想に差し出されたそれに、凛之介はハッと息を吞んだ。シロツメクサとよく似た白い草で作られたそれは、花冠だった。

「夏祭りの日の約束を、覚えているか」

白く可憐な花冠を受け取り、凛之介は「もちろんです」と頷いた。

『瑞風国にもこれとよく似た草がある。雪雲草という』

『雪雲草ですか……では今度瑞風国に上がった時に、それで冠を作ってください』

凛之介の無邪気な願いに、十三の雅風はちょっぴり困った顔で、もう少し大きくなったら作ってやろうと約束してくれたのだ。

「それでは、この白い花が」

「雪雲草だ」

「これが、雪雲草……。本当にシロツメクサにそっくりですね」

「もっと大きくて立派なものを作ってやりたかったのだが、なにせもう冬がそこまで来ているからな。雪雲草もまばらで、このような粗末なものしかできなかった」

「粗末だなんてそんな」

「春になったらちゃんとしたのを作ってやる。これは仮の冠だ」

雅風はそう言って、花冠を凜之介の頭に載せてくれた。

「うん。思った通りだ。よく似合うぞ、凜之介」

雅風が微笑む。その明るい笑顔に、心の奥がズキンと強い痛みを覚える。

——なぜこんなに優しくするのですか。

凜之介に、次の春はやってこない。春どころかこの冬すら迎えられないのだ。

今日を含めてあと三日の命。風子の宿命は、雅風も重々承知しているはずなのに、どうしてこんなに優しくするのだろう。

哀れだと思うからだろう。ほどなく消えゆく命への、せめてもの手向けなのだろう。いずれにしても今の凜之介にとって、雅風の優しさは残酷だ。

「……ありがとうございます」

唇を噛んで俯いた凜之介の顔を、雅風が訝るように覗き込む。

「どうした。あまり嬉しそうではないな」

「そんなこと……とても嬉しいです」

嬉しいから苦しい。息ができなくなるほど苦しくて、切ない。

「もしや、具合でも悪いのか」

凜之介は俯いたままふるふると頭を振る。

「風邪でもひいたのではないか？」

「……大丈夫です」

消え入りそうな声でそう告げるのがやっとだった。

――優しくしないでください……お願いですから。

涙が溢れそうになる。

「申し訳ありません。先に戻りますっ」

言い終わる前に踵を返し、夕焼けの土手を転がるように駆け出した。

「待て、凜之介！」

雅風の声がすぐ後を追ってきて、あっという間に捕まってしまった。

「放してください」

「なぜ逃げるのだ」

「逃げてなど」

「逃げているではないか」

両肩を強く摑まれた。

「凜之介、聞いてくれ」

「放っ……してっ」

「放さない。私はお前が好きだ。愛している」

それは、あまりに突然の告白だった。

「あの夏祭りの夜、ふたりで花火を見た帰り、お前の歌声を背中に聞きながら、私はおそらく恋に落ちたのだ」

凜之介は身を捩ったまま動きを止めた。

「そんなっ、だって私はあの時、たったの七つ――」

「無論あの頃の私には、この気持ちが恋なのだという自覚はなかった。ただただお前が可愛くて、愛おしくて、離れ難くて、将来を誓い合うのなら凜之介がいい、凜之介の他には考えられないと、心の片隅でぼんやり考えていただけだった」

雅風は息せき切ったように、胸の内を吐露する。

「夏祭りに行きたいと言い出したのは、私だ。兄上は私より先に私の気持ちに勘づいていたようで、だからあの日、出がけになって突然『風邪をひいた』などと言い出したのだ」

凜之介は驚きに言葉を失くした。涼風は、雅風と凜之介をふたりきりにしてやろうと、仮病を使ったということか。

『いいか雅風、凜之介と気持ちを通じ合わせたいのなら、もう少しやんわりと接することを心掛けろ。そのようにいつもツンツンしておると、凜之介が怯えてしまうだろう』

涼風はそう言って、愛想の欠片（かけら）もない弟を応援してくれたという。

「涼風さまが……」

『雅風が凜之介を娶(めと)れば、凜之介は私の家族になるわけだな。なんと喜ばしいことだ』
『めっ、娶るなどと、兄上は気が早いです。凜之介はまだ七つですよ』
『あれは相当に愛らしい少年ゆえ、間違いなく美男子に育つ。しっかり見張っていないと朱鷺風の女子にさらわれてしまうぞ?』

顔を赤くして照れる弟を、涼風はそう言ってからかったという。

「この九年の間、兄上の励ましを幾度思い出したかわからない。そして半年前、父上が亡くなって……」

雅風は遠い目をした。

「あの日も亡くなった兄上に背中を押されるような思いで、朱鷺風にお前を迎えに行ったのだ。するとお前は野盗と闘っているではないか。相変わらず無鉄砲なことをするやつだと内心苦笑しながら、私の心は懐かしさと喜びではち切れそうになった。ああ、私にはやはり凜之介しかいないと、はっきり自覚したのだ」
「雅風さま……」
「お前の気持ちを聞かせてくれ、凜之介。私はお前を愛している。お前は私が嫌いか?」
「………」

凜之介には、噛みしめた唇を震わせることしかできなかった。

「どうなんだ、凜之介。答えてくれ」

肩を揺さぶる雅風の真剣な眼差しを、真っ直ぐに見返すことができない。

おれも雅風さまが好きです。愛しています。そう答えられたらどんなによいだろう。

——おれには、雅風さまに愛される資格はない。

瑞風国に戻ってきたのは、風子の儀式を行うためだ。命を捧げ、真の風子となることが、涼風への償いだと思ったからだ。

「お前を愛している、凜之介」

答えを待たず、雅風が唇を近づけてくる。凜之介は思わず目の前の胸板を突いた。

「凜……」

傷ついたように揺れる瞳から、必死に目を逸らす。

「申し訳ありません。先に戻ります」

顔を上げることなく、凜之介は駆け出した。

——どうして……どうして！

走り出した途端に涙が溢れ出した。涙を拭いながら土手を走る。

涼風を死に追いやった罪は、許されるものではないと思っていた。けれどその涼風が、雅風と自分が結ばれることを望んでくれていたと知った。風子の儀式のことを知る前なら、喜びに心を震わせ、すぐに雅風の胸に飛び込んだだろう。

当時のふたりは、凜之介と同じように風子の儀式について知らされていなかったに違いない。だからこそあんなふうに屈託のない笑顔を向けてくれたのだ。

時間を巻き戻すことはできない。楽しかったあの頃には二度と戻れない。何度巻き戻したところで、巡り巡ってまた同じ今日がやってくる。風子の儀式は避けられない。涼風の死を、手を取り合って乗り越えていく未来はやってこないのだ。

何も知らずに死んでしまった涼風とは違い、雅風は今、瑞風国の長だ。風子の儀式を遂行する立場にあるのだ。永遠の別れが迫っているというのに、それを知っていて「愛している」と告げる雅風の残酷さが憎い。たまらなく憎いのに、それなのに同じくらい嬉しいと感じている自分がいた。

心が震えるほどの喜びと、胸が潰れるほどの悲しみに翻弄(ほんろう)されながら凜之介は走った。

「……うっ、……っく」

嗚咽を風に紛れさす。涙が散り、後ろに飛んだ。

雅風はもう、後を追ってこなかった。

千々に乱れる心のまま屋敷に駆け込んだ。長い廊下を自室まで戻ろうとした時、ふとその部屋の扉が目に入った。

――ここは……。

小鈴として瑞風国へ上がった日、雅風に『決して入ってはならない』と言い含められたその部屋。静かに扉を開けた凜之介は、思わず「ああ……」と声を上げた。

九年前、楽しい時間を過ごした、そして惨事の起きた部屋だ。割れた風鈴の欠片こそ片づけられていたが、おそらくあれ以来誰ひとりとして立ち入ることはなかったのだろう。漂う空気は重く、消えることのない悲しみに満ちていた。

もしかすると雅風だけは、時に足を踏み入れて思いに耽っていたのかもしれない。そう思うとたまらない気持ちになる。目を閉じると、あの日の会話が蘇ってくる。

『私の風鈴の方が、兄さまのより、いくらか音色がよいように感じる』

『そんなことはないだろう。私のも素晴らしい音色だぞ』

『どちらも素敵な音色ですよ？』

明るい会話に、初めて作ったふたつの風鈴の音が重なる。半刻もしないうちに惨劇に見舞われるなどと、誰ひとり想像すらしていなかった、幸せなひととき。

いたたまれなくなり部屋を出ると、玄関から豆風が入ってきた。

「凜之介、どこへ行っていたのだ。探したぞ」

うっすらと汗をかいた豆風の手には、竹刀が握られている。

「ちょっと散歩に……豆風さまは、こんな時間まで剣の稽古ですか」

無理矢理笑顔を作る凜之介に、豆風が近づいてくる。

「どうした。顔色がすぐれないようだが、具合でも……ややっ、そ、それはもしや！」

豆風は突然、凜之介の手にした花冠を指さした。

「そっ、それは雪雲草の花冠ではないか！」

凜之介が「ええ」と頷くと、豆風は「なんと！」と丸い目をさらに丸くして色めき立った。

「雪雲草の花冠が、どうかしたのですか？」

「どうかしたのですか、だと？」

豆風は呆れたようにため息をついた。

「凜之介は十七になろうというのに、心はまだおぼこなのだな」

「え？」

「ここ瑞風国では、雪雲草の花冠は、求婚の際に贈るものなのだ」

「きゅう……こん？」

きょとんとして首を傾げる凜之介に、豆風はやれやれと肩を竦めた。

「本当に鈍いやつだな。求婚とは、一世一代の愛の告白のことだ」

きゅうこんが求婚だとようやく気づいた凜之介は「あっ」と小さく声を上げた。

「頭の中は豆風より数段おぼこのくせに、隅に置けないやつだ。一体誰にもらったのだ。厨の使用人か？　それともどこぞの女神か？」

答えられるはずもなく、凜之介は頬を赤くして俯いた。

『いつか、お前がもう少し大きくなったら、その時作ってやろう』

——あれはそういう意味だったのか……。

胸が苦しくなり、またぞろ涙が零れそうになる。こんなに嬉しいことはないはずなのに、心が千切れそうになる。

――なぜ雅風さまは、今になってこんなものを……。

儀式を前にした風子への贈り物としては、あまりに残酷だ。

「言いたくないのならよい。あれこれ詮索するのは無粋というものだからな。ただ……」

豆風はちらりと凛之介の手元を見やり、言葉を呑んだ。

「豆風さま？」

「いや、よい。これは豆風の勝手な思いだから」

ひとり言のように小さく呟き、豆風はすぐに笑顔になった。

「今夜の夕餉は、凛之介の好物の山鳩（やまばと）の丸焼きだそうだぞ」

さっき厨を覗いてきたのだと、豆風は悪戯（いたずら）小僧の顔で笑った。この愛らしい笑顔ともうすぐお別れ――。込み上げてくるものを、無理矢理胸の奥に抑え込む。

「わあ、それは楽しみです」

笑おう。たとえ心からでなくても。凛之介は懸命に笑顔を作った。

「山鳩の丸焼きにかぶりつくのは久しぶりだなあ」

「痩（や）せの大食いとはお前のためにある言葉だな、凛之介」

「お褒めいただいて光栄です」

「褒めたわけではない」

ふたりで笑い合いながら長い廊下を奥へと歩いていると、折よく厨から「夕餉の支度ができました」という使用人の声がした。

「そういえば兄さまの姿が見えないな。今日は珍しく暗くなる前に帰宅なさっていたはずなんだが」

豆風が、雅風の執務室を覗き込んで呟いた。

「雅風さまでしたら、先ほど一度戻られましたが、すぐにまたお出かけになりました」

答えたのは先の使用人だった。

「おふたりに、先に夕餉を済ませるようにと言伝をいただいております」

「なんだ。そうだったのか。今日こそは兄さまと一緒に夕餉をいただけると思ったのに」

豆風は残念そうに呟いた。

「近頃の兄さまはとみに忙しそうだ。早く一人前になって、兄さまの力になりたいものだ」

悔しそうに唇を噛む豆風の横顔は、八つとは思えないほど凛々しかった。

——豆風さまならきっとすぐにそうなれますよ。

たくさんの風術を身につけ、剣術の腕を上げ、雅風の大切な右腕になる日も遠くない。雅風を助け、雅風に頼られ、ふたりで瑞風国を守り立てていくことだろう。

ただその未来に、自分の姿はない。それだけが残念でならなかった。

寝室の襖が音もなく開かれたのは、夜も更けた頃だった。そろそろと誰かが布団に近づいてくる気配に、凜之介は目を開けた。

「雅風さま……」

「すまない。起こしてしまったな」

凜之介はゆっくりと身体を起こした。

「横になっていただけですから」

「寝つけなかったのか」

普段ならぐっすりと眠っている時刻だが、こんな気持ちのままで、どうして眠ることができよう。凜之介は答えず、枕元の蠟燭(ろうそく)に明かりを灯した。

たった今帰宅したばかりなのだろう、纏(まと)った空気がひんやりとしている。どこか疲れた表情の雅風に、凜之介は向き合う。

「何か、ご用でしょうか」

わざと淡々とした口調で尋ねる。雅風は「うん」と頷いたまま畳に視線を落とした。

「お前の寝顔を見に来ただけ……などと言っても、信じてはもらえないだろうな」

「寝顔を見に来たんですか?」

雅風は自嘲(じちょう)に満ちた表情で首を横に振った。その視線が、枕元に置かれた雪雲草の花冠を捉えた。

「さっき言いそびれてしまったが、この国では雪雲草の花冠を贈るのは、実は求婚の意味なのだ」

「……そのようですね」

反応の薄い凜之介に、雅風が目を見開く。

「知っていたのか」

「さっき豆風さまから」

「そうか……」

雅風は頷き、蠟燭の頼りない明かりに照らし出された、白く可憐な花冠を手に取った。

「捨てられてしまったかと思った」

「………」

まさか。凜之介は静かに首を振る。雅風がずいっと身を乗り出した。

「もう一度だけ聞く。凜之介、お前は私が嫌いか？　だからさっき逃げたのか？」

「…………」

「しつこく詰め寄るのはこれで最後にする。だから答えてくれ、凜之介。お前の正直な気持ちが聞きたい」

「雅風さま……」

「答えてくれ、凜之介」

左右から二の腕を摑まれ、真っ直ぐな視線に射止められ、凜之介は身動きができなくなる。心がぐらぐらと揺れた。

「弥助殿の死を防げなかったことは、本当に申し訳ないと思っている。お前に恨まれても仕方のないことだと――」

「違います！」

凜之介は慌てて顔を上げた。

「あれは仕方のなかったことです。雅風さまや厳風さまを、おれはこれっぽっちも恨んでないません」

「ならば、なぜ答えてくれないのだ」

「おれは……」

凜之介は拳を握りしめる。

『私は……風子の儀式というしきたりを、心から憎んでいる』

世にも苦しげな、雅風の声が蘇る。

『あなたが風子の儀式を憎もうが恨もうが、しきたりを変えることはできないんです』

苦いものを吐き出すように答えた恵塊の声も。

十七になったその日、風子は風と同化することで本物の風子となる。それからおよそ百年に亘り、風の神に力を与え続け、朱鷺風の天候を守る。それが風子の宿命。たとえ瑞風国の長であっても、風子の運命を変えることはできない。

――それでも。

凛之介は強く目を閉じ、それからおもむろに開いた。凛々しい双眸が、不安げに揺れている。逞しく成長しても、その澄んだ瞳は十三の時のそれと変わらない。

大好きな瞳。大好きな……風の神。

――もうごまかせない。ごまかしたくない。

「おれも……雅風さまが、大好きです」

「凛之介……」

目の前のふたつの瞳が、大きく見開かれる。

「七つの頃からずっと」

記憶を失くしたまま再会し、また恋に落ちた。以前よりもっとずっと深く。

「雅風さまを、お慕いしています」

言い終わるのを待たずに、雅風は凛之介の身体を掻き抱いた。息が止まるほど強く抱きしめられ、凛之介の眦から熱い涙が伝った。

「この九年間、お前のことを忘れたことは一度もなかった。ずっと……ずっと、こうしてお前をこの胸に抱く夢ばかり見ていた」

背中を、腰を、雅風の手のひらがなぞる。確かにそこに凛之介がいるのだと、必死で確かめるように。

「お前に会いたくて……何度も朱鷺風に下りた。結界の中にいるお前と会うことは叶わなかったが、歌声だけはいつも聞こえていた」

甘い吐息に混ぜるように雅風が打ち明ける。その声は少し震えていた。

「お前が時折恵塊の目を盗んで村へ出かけていたことは知っていた。しかし私には、お前の姿を見に行く勇気がなかった」

「勇気……？」

「成長したお前の姿を目にしてしまったら、我慢ならなくなって連れ帰ってしまうとわかっていたからだ。恵塊とお前の平穏な暮らしを、きっとこの手で壊してしまう」

だから声を聞くだけにしようと固く決めていたのだという。

「しかし私は、その決意を最後まで貫くことができなかった」

ひと目だけ。ほんの一瞬でいい。九年分成長した凛之介の姿を見たい。膨れ上がるその思いに勝てず、雅風はあの日、朱鷺風に下りてきたのだという。珍しく晴れ間が広がっていたから、きっと凛之介は村へ行くだろうと。

「お前を愛している。凛之介、私の思いを、どうか受け入れてほしい」

真摯(しんし)な愛の告白に、凛之介はこくんと頷いた。

長い指が頤（おとがい）にかかる。そっと上向かされ、凜之介は目を閉じた。

「……っ……っん」

ふわりと重なる唇の温もりに、眦からまたひと筋涙が伝う。

風子の宿命を知ってなお、こうして自分を求めてくれる。残酷な愛がしかし、今は嬉しい。

行く先に道はないとわかっていても、いや、ないとわかっているからこそ、今は己の気持ちに嘘をつきたくない。雅風も同じ気持ちなのかもしれない。

「……んっ……ふっ」

歯列を割り、分厚い舌が入ってくる。口内をぬるぬると舐め回され、背中がぞくりと震えた。

――これが……雅風さまの口づけ。

行為はもちろん知っていた。けれどその淫猥（いんわい）さは、物知らずで無垢（むく）な凜之介の想像を遥（はる）かに超えていた。

口づけを交わしながら、雅風は凜之介の寝巻の帯をしゅるりと解（ほど）いた。皮を剝（む）かれる果実のように、凜之介はあっという間に生まれたままの姿にされてしまう。

「やっ……」

ゆらめく蠟燭の炎が、真っ白な素肌を照らし出す。込み上げてくる羞恥心（しゅうちしん）に、凜之介は耳朶（じだ）や頰、首筋までを赤く染めた。

「恐ろしいか？」

「……いいえ」

目の前にいるのは、他の誰でもない、雅風だ。何をされようと恐ろしくなどない。ただ焼けつくような視線に晒されることが、恥ずかしくてたまらないだけだ。

「お前は何もしなくていい」

そう言って雅風は、ゆっくりと凜之介を布団に倒した。

「……なんと愛らしい身体なんだ」

雅風の唇が、首筋に落ちる。

「……あっ」

淡い刺激。なのに凜之介の少年めいた身体は、びくんと敏感に反応してしまう。

「感じやすいな」

雅風が小さく笑う。

「……申し訳ありません」

「何を謝っている。お前を感じさせたくて、こうしているのに」

囁きながら雅風は、凜之介の身体のあちこちに口づけの雨を降らせた。唇を押しつけられ、薄い肌を舌先で擽られるたびに、凜之介はその華奢な身体をびくびくと跳ねさせた。

「ああ……雅風、さまっ……」

意図せずその名を呼んだ。雅風の唇は、首筋から鎖骨を掠め、肉の薄い胸へと下りる。薄桃色の粒をちゅっと音をたてて吸われる。

「ああっ……」

ぞわりと全身が総毛立つ。吸われているのは胸なのに、腰の奥にとろりと甘い熱が生まれるのがわかった。

「あぁ……やっ」

吸われて敏感になった粒を、悪戯するように甘噛みされ、凜之介は白い喉を反らす。反対側の粒を指で捏(こ)ね回されて、甘い嬌声(きょうせい)が漏れた。

「や……めてっ」

「なぜ?」

「は、恥ずかしい……」

自分の身体なのに、自分の手の届かないところへ連れていかれそうな気がした。

「恥ずかしがることはない」

「でも、変な声が」

「変ではない。お前の声はいつだって美しくて愛らしい」

もっと聞かせてくれ、と濡れた声で囁かれ、身体の奥がぞくぞくとした。

「あぁ……あっ……あ……ん」

胸の粒など、これまで一度も意識したことはなかった。あってもなくても同じだと思っていたのに、雅風の愛撫を受けるたびに、芯を持ったように硬くなっていく。

「やっ……そこ、ばかり」

泣き出しそうな声で訴えると、雅風の唇がようやく粒から離れた。容赦のない愛撫から解放され、ほっとしたのも束の間、雅風は凜之介の下腹へと移動していった。

「濡れている。こんなに」

淡い下生えに吐息がかかる。

「や……」

そこが硬く変化していることには気づいていた。激しい羞恥に、凜之介はぎゅっと強く目を閉じた。

精通は去年あった。しかし自分の手ですることはないので、今もほんの時々だが肌着を汚してしまう。雅風に粗相を見られたような気がして、羞恥に身体が熱くなる。

「凜之介は、ここも愛らしいな」

「やっ……」

「こんなにいじらしく勃ち上がって」

恥ずかしい指摘に、凜之介は目を閉じたままふるふると首を振ることしかできなかった。

「愛らしすぎて……困る」

雅風の声に余裕がなくなってきたように感じたのは、気のせいではなかったらしい。どこか急いたような衣擦れの音にそっと目を開け、凜之介は息を呑んだ。

薄暗がりに浮かび上がった、雅風の裸体。

しなやかな筋肉に覆われた胸板、引き締まった腰、そして――。

天を衝くように勃ち上がった逞しい中心から、凜之介は慌てて視線を逸らした。どこか幼さの残る自分のものと、大きさも形も明らかに違うそれを目の当たりにして、ドクドクと鼓膜を叩く鼓動がうるさい。

「できる限り優しくするつもりだ」

濡れた声で囁くと、雅風はいきなり凜之介の股間に顔を埋めた。

「が、雅風さま、何を⁉」

「じっとしていろ」

そう言うと、雅風は凜之介の中心をぬるりと口内に納めてしまった。

「ああ、あっ……やぁ……」

窄めた雅風の唇が、ゆるゆると上下に動く。くちゅくちゅと響く卑猥な水音が、物慣れない凜之介を耳から犯した。

「あ……ひっ、あっ……」

熱い舌が、硬くなった幹に絡みつく。ねっとりと舐め回され、時折先端の蜜口を突かれ、そのたび凜之介は身を捩らせ、あられもない喘ぎ声を上げた。

「やぁ……が、ふう、さまっ……」

激しく頭を振りながら、雅風の髪に指を絡めたのはもう無意識のことだった。身体の奥でどんどん膨れ上がる熱に翻弄されていると、不意に後孔に何かが挿し込まれた。

「あっ！」

思わず腰が跳ねる。挿し入れられたのは、なんと雅風の指だった。

「が、雅風さまっ」

「私を受け入れてくれるのだろ？」

「はい……ですが」

「だったら解(ほぐ)さないと、お前に怪我(けが)をさせてしまう」

涙目になる凛之介に構わず、雅風は舌と指の愛撫を続けた。

「ああ……あっ……いやぁ……っ」

猛(たけ)りに舌を絡ませながら、雅風はその長い指を凛之介の秘孔にぬちっ、ぬちっと抜き差しする。ふたところを一度に弄(いじ)られ、凛之介は身も世もなく喘いだ。

――雅風さまの指が、おれのあんなところに入っている……。

視線をやることは恐ろしくてできなかったが、想像しただけで頭の中が沸騰しそうだった。

と、その瞬間は突如やってきた。

「あっ！　あっ？」

雅風の指の腹が、凜之介の中のある場所を捉えた。その瞬間、凜之介の身体に小さな稲妻が走った。

「な、なんですか、今の」

身体を起こそうとする凜之介に、雅風は「ここか」と呟いた。

「ここは、凜之介の一番よいところだ。ようやく見つけた」

どこか嬉しそうな声でそう言うと。雅風はそこばかりをしつこく攻め始めた。

「あっ、そこっ……だめっ」

「だめではないだろ。こうして擦ってやると、とろとろといやらしい汁が出てくる」

「やぁ、あぁ……」

これまでとはけた違いの強い快感に、凜之介は眦を濡らして喘いだ。

「だめ、です、雅風さまっ」

「何がだめなのだ」

「そこばかり、されたら、ああっ……」

「出していいのだぞ」

雅風の指が、凜之介の感じる場所を容赦なく擦り上げる。そうしながらまた前の猛りを口に含み、敏感な先端を舌先でぬらぬらとするものだから、凜之介はもう、半ば意識を飛ばしそうになっていた。

「が、雅風さまっ」

「出せ、凛之介」

囁く声の淫猥さが、凛之介を決壊させた。

「あっ、あっ……出、ちゃうっ……あぁぁ――っ！」

ドクドクドクと、腰を振りたてて白濁を放つ。

「あ……ぁぁ……っ……くっ」

どこか深い場所に落ちていくような心許なさの中で、吐精は長く続いた。

――これが……果てるということか。

自慰の経験すらない凛之介にとって、それは生まれて初めての意識下での吐精だった。

と、瞑っていた目を開いた凛之介は「ひっ」と声を上げた。凛之介の放ったものを、雅風が飲み下しているのが見えたからだ。

「が、雅風さま、なんてことを」

慌てふためく凛之介には答えず、雅風は「美味だった」と口元を拭い、にやりと不敵に笑った。その瞳の奥に潜む欲情の色に、全身がぞくりとした。

「とてつもなく愛らしかったぞ、凛之介。想像していたよりずっと、いやらしい声だった」

「そ、想像していたんですか」

「無論だ。想像の中で私は、お前を何度もこの手で抱いた」

真顔でそんなことを言うものだから、凜之介の上気した肌は一層火照る。

「少し休ませてやりたいところだが、すまない、あまり余裕がない」

言いながら雅風は、凜之介の手を取り、自分の欲望に導いた。

「……っ」

凜之介は声もなく息を呑む。雅風のそこは先ほど目にした時よりも、さらに大きくなっていた。熱く硬く、荒ぶるように猛り、凜之介を求めていた。

——雅風さまの……欲望。

「お前を欲してこうなっているのだ。わかるな？」

凜之介は「はい」と小さく頷いた。

「苦痛を与えないように心がけるつもりだが」

雅風が凜之介の両脚を持ち上げた。

「少々自信がなくなってきた」

「……え」

「お前が愛らしすぎて……歯止めが効かないかもしれない」

ひとり言のように呟く雅風の表情からは、いつもの余裕が完全に消えていた。

大きく足を開かれる。指で慣らされたとはいえ、あんな狭いところに雅風を受け入れることができるのだろうか。不安ではあったが、不思議なほど恐れはなかった。

雅風が自分を求めてくれている。ようやく雅風とひとつになれる。

かりそめだとわかっていても、胸の奥底から湧き上がってくるのは、切なくも甘い歓びだ。

「入るぞ、凜之介」

小さく頷くや、灼熱(しゃくねつ)が押し当てられた。

「ああっ……！」

次の瞬間、そこがめりめりと押し開かれる。

「……うっ……うあっ」

「息を詰めるな、凜之介」

「……は、いっ……ああっ」

恐ろしい圧迫感がそこを襲う。呼吸の管理などできるはずもなく、ただただ眦を濡らして耐えるばかりの凜之介に、雅風は何度となく口づけ、あやすように髪を撫でてくれた。

「痛いか？　苦しいか？」

「……平気です」

正直に苦しいと告げれば、雅風はきっとそこから先に進むのをやめてしまうだろう。

――そんなの、嫌だ。

結ばれるのだ。雅風と。たったひとりの愛する人と。

「入ったぞ、凜之介。お前の一番奥まで」

ふうっと長いため息とともにそう告げられた時は、だから凜之介は喜びに打ち震えた。

「雅風さまと……ひとつになれたのですね」

「ああ、ひとつになった」

「……嬉しい」

掠れる声で呟くと、柔らかな口づけが落ちてくる。

「私も嬉しい。こんなに嬉しい気持ちは、生まれて初めてだ」

「おれもです」

生まれて初めての幸せは、おそらく最後の幸せになるのだろう。

それでもいい。今、雅風と繋がっているのは、身体だけではないと知っているから。

雅風がゆっくりと動き出す。繋がったその場所から、またぞろ淫靡な熱が生まれる。

「ああ……あっ……雅風、さまっ……」

「凜之介……」

名を呼ぶたび、呼ばれるたび、身体中が熱く高まっていく。

こんなにも雅風を欲していたのだと、今さらのように気づいた。

「凜之介……ああ、凜之介」

雅風の声が、潤んでいる。はたはたと落ちてくる汗さえも、愛おしくてたまらない。

「雅風さま……もっと……さっきのところを」

よいところだと教えてもらったその場所が、疼くように愛撫を求めている。

すると雅風は惚けたように、一瞬動きを止めた。

「……お前というやつはまったく、七つの時と変わらぬ顔をして、恐ろしいことを言う」

「……え？」

いや、いい。と首を振り、雅風は腰の動きを速めた。

「もうどうなっても知らぬぞ」

「えっ、あっ……ああっ！」

ぐぐっと深く突かれ、凜之介は背を反らす。

「あっ……ああっ、……あぁんっ、そこっ」

凶器のような雅風の先端に、その場所をぬらぬらと擦りたてられ、一度萎えた凜之介の中心は、みるみる芯を取り戻した。

「またとろとろといやらしい汁が零れ始めたぞ」

「やあぁ……んっ、あっ……は、あぁぁ……」

深く浅く、内壁を抉られる。そのたびに凜之介はあられもない声を上げ、身悶えた。

「あっ……ああ、雅風、さまっ……」

もはや無意識にその名を呼ぶ。

「ここにいるぞ、凜之介」

凜之介を貫きながら、雅風もまた息を乱す。

そのあまりに淫猥な囁きに、凜之介はどんどん追いたてられていく。

「雅風さま……愛しています」

「私も、お前だけを……」

愛してる。囁きながら力いっぱい抱きすくめられた。

「あっ……あ、あっ、ひっ……」

もはや意味のある言葉を紡ぐことはできなかった。

「凜之……介っ」

雅風の抽挿が速まる。

「が……風さまっ、あ、もっ、あぁっ！」

ずんっ、と一番奥まで貫かれ、凜之介は激しく達した。

「……んんっ！」

次の瞬間、最奥で雅風が弾けるのを感じた。

「……っ……ん……」

雅風の汗ばんだ身体が覆いかぶさってくる。

——雅風さまと、ひとつになったんだ……とうとう。

もうこの世に思い残すことなど何ひとつない。この上なく幸せな人生だった。

きっと雅風も同じように感じてくれているに違いない。凜之介の身体に触れることができるうちに、ひとつになれてよかったと。

——ありがとうございます。雅風さま……。

思いはしかし、言葉にはならなかった。

「凜之介」

ゆらゆらと、うとうとと、意識が遠のいていく。

海とはどんなところだろう。行ったことも見たこともないけれど、水面に漂うとこんな心地になるのではないだろうか。夢うつつで、そんなことを考えた。

「おい、凜之介」

「…………」

「凜……眠ってしまったのか」

耳元で雅風がふっと笑う。前髪を指で梳かれた。

「一番大切な話をする前に、眠ってしまうとは。まさか狸寝入りではあるまいな?」

また狸。雅風は狸が好きなのか嫌いなのか、よくわからない。

「まあよい、明日の朝にするか」

一番大切な話。

その残酷な言葉の意味を理解する前に、凜之介はふわりと意識を手放した。

翌朝目覚めると、傍らに雅風の姿はなかった。乱れていたはずの敷布は元通りに戻され、寝間着もきちんと直されていた。

――夢だったんだろうか……。

一瞬そんなことを思ったが、身体の奥に残る甘く気だるい余韻が、決して夢ではないと物語っていた。そっと目を閉じると、昨夜ここで繰り広げられた痴態が鮮明に蘇り、朝っぱらから身体が熱く火照った。

――それにしても雅風さまはどこへ行かれたんだろう。

夜のうちに自室へ戻られたのだろうか。どんな顔で朝の挨拶をすればいいのだろう。

――今日で最後だというのに。

明日、凛之介は十七になる。いよいよ風子の儀式を執（と）り行うのだ。

覚悟はとうにできている。逃げ出すつもりはない。

――ただ……。

恵塊と話しているのを盗み聞きし、己の宿命を受け入れる決意をした。朱鷺風に留まらず、瑞風国で儀式の日を迎えると決めたのは凛之介自身だ。それでもやはり雅風の口から、儀式についてちゃんと話してほしい。そんな思いが心のどこかにずっとあった。

涼風への贖罪のため。風の神たちと朱鷺風の安寧のため。その気持ちに嘘はないし後悔もしていないけれど、やはり最後に雅風本人の口から真実を告げてほしい。そして最期の瞬間を見守ってほしい。そんなことを願うのは、わがままなのだろうか。

ぼんやりと考え事をしていた凜之介に、冷や水を浴びせたのは豆風だった。

「どうやら国内に不穏な動きがあるようなのだ」

朝の歌を終え、朝餉の席につくなり、豆風は表情を曇らせた。

「不穏な動き……ですか」

「ああ。兄さまはこのところその対応に追われて、とみにお忙しいご様子だったのだが、どうやら何か喫緊の問題が起きたようで、今朝、夜明け前に慌ただしく出て行かれた」

豆風は膳に箸を置いた。

「一体何が起きたんでしょう」

「詳しいことはわからない。兄さまは国事に係わることを何も話してくださらないから」

兄の力になれないのがもどかしいのだろう、豆風は小さく唇を噛んだ。

「小さないざこざが起きることは、よくあることだ。兄さまはみなの声に耳を傾け、時には自ら出向いて仲裁に入られることもある。父さまもそうされていた。それが長の仕事だからな。しかし……どうも今回は嫌な予感がするのだ。特に今朝のご様子は」

「風の神同士の、単なるいざこざではないと?」

凜之介の問いかけに、豆風が頷く。

早朝、ただならぬ屋敷の気配に、豆風は目を覚ましたという。

「何かお力になれないかと後を追おうとしたのだが、いつも以上に厳しい口調で『私が戻るまで屋敷を出ることはまかりならん』と」

目を覚ましたら、凜之介にもそう伝えておけ。そう言い残し、側近を大勢引き連れて慌ただしく屋敷を出てしまったのだという。

——何があったんだろう。

豆風の予感が当たっているとしたら——国内に重大な問題が発生したのだとしたら——明日の儀式に、雅風が立ちあうことは難しいかもしれない。

思わず重苦しいため息が零れる。膳の向こうで豆風も、同じようにため息をついていた。

朝餉が済むと、いつものように竹刀を手に豆風と一緒に庭に出た。向かい合って構えを取るが、互いにうわの空なのがわかった。かけ声をかける気力もなく、相手の隙をついて打ち込む集中力もなく、ほどなくふたり同時に竹刀を下ろしてしまった。

「雅風さま、大丈夫でしょうか」

ぽつりと呟いた凜之介に、豆風は「大丈夫に決まっている」と答えた。

「……そうですね」

「兄さまは、この国で一番お強いのだ」

「どんなに難しい問題でも、兄さまなら必ず解決してくださるはずだ」

唇を真一文字に結んだ豆風の横顔にはしかし、濃い不安の色が滲(にじ)んでいた。

その夜は、遅くまで豆風とふたりして、居間で雅風の帰りを待っていた。しかしどれほど待っても雅風たちが戻る気配はなく、夜が更ける頃、豆風は寝入ってしまった。

「雅風さま……」

愛しい名を呟いても、聞こえるのは豆風の静かな寝息だけだった。

薄暗い居間の畳の上で、そうして凜之介は宿命の日を迎えたのだった。


「凜之介」

襖の向こうから静かに呼ばれた。誰の声なのかすぐにわかった凜之介は、慌てて立ち上がり襖を開けた。

「風漣さま……」

薄闇の中に風漣が立っていた。ひとりでやってきたのか、側近を従えていない。

「あの、雅風さまでしたら昨日の朝早くお出かけに……」

事情を説明しようとする凜之介に、風漣は「しっ」と唇に人差し指を当てた。すぐそこで眠っている豆風を起こしたくないのだろう。無言のまま視線で「ついてきなさい」と指示する。風漣の後について、凜之介はそろりと居間を出た。廊下から縁側へ回り込み、長い板張りのそこを玄関へ向かって歩く途中、風漣はおもむろに足を止めて振り返った。

「覚悟はできているのですね？」

何への覚悟なのか、尋ねるまでもなかった。

「涼風の死がそなたの責任だとは、私は思っていません。厳風さまも、雅風もです」

「風漣さま……」

「そなたを恨んだところで、あの子は帰ってこない。どれほど後悔しても、祈っても、泣いても、涼風が戻ってくることはないのです」

感情を抑えた淡々とした口調だったが、そこに色濃く滲むものを感じ取れないほど凜之介は鈍くない。気づかないふりをできるほど図太くもない。申し訳ありませんとその場に土下座したくなるのを、必死にこらえることしかできなかった。

「あれから九年……もう九年？　まだ九年？　どちらにせよ、私の心は九年前のあの日から何も変わってはいません。これから先も変わることはないでしょう」

「………」

風漣が、庭側の戸板を開く。暁の光が薄暗い廊下の板の間に、すっとひと筋差し込んだのを見て、凜之介はすでに夜が明けていたことを知った。

「涼風は、それはそれは心の優しい子でした。朱鷺風の天候を誰よりも案じていました。凜之介、それはそなたもよく知っていますね？」

凜之介は「はい」と頷き、光の筋の向こう側にいる風漣を見上げた。

「ご安心ください。覚悟はとうにできております」

風漣はその瞳に一瞬悲しみの色を浮かべたが、すぐに「そうですか」と落ち着いて頷いた。

「風子の儀式によって、おれはようやく真の風子となることができます。そうしてこれから百年、風となって朱鷺風を守ることができる。これほど嬉しいことはありません。生まれ育った朱鷺風のためにこの命を捧げるのですから、恐ろしくも悲しくもありません。本望です」

「よく言ってくれましたね」

風漣が声を震わせた時だ。居間の障子扉が勢いよく開き、小さな影が飛び出してきた。

「豆風……」

風漣がその目を大きく見開く。驚いて振り返った凛之介に、豆風が駆け寄ってきた。

「母さま、今のはどういう意味ですか？　風子の儀式とはなんのことです？」

豆風はひどく混乱したように、風漣と凛之介を交互に見やる。

「聞いていたのですね、豆風さま」

豆風にだけは知られたくなかったのに。

「豆風。凛之介は私たちと同じ風の神ではない。風子なのです」

「それは最初からわかっています」

「いいえわかっていません。風子とは、私たち風の神への生贄なのです」

「生贄……？」

生々しい言葉に、豆風がたじろぐのがわかった。

「風子は十七になったその日、風の塔から身を投げ、風と同化することによって真の神となる。それが風子の儀式です」

「その、儀式の日が、今日だというのですか……？」

豆風の声が、唇が、わなわなと震えている。

「本当なのか、凜之介？　お前は今日、命を投げ出すつもりなのか？　朱鷺風のために」

ゆっくりと見上げる豆風に、小さく頷くのが精いっぱいだった。

「お前はそれを知っていて……」

豆風が拳を握りしめた。

「間違っている……そんなこと」

「間違いではありません、豆風。太古よりそう決まっているのです」

「いいえ、間違っています！　風の神も、風子も、命の重みは同じはずでしょう！」

悲鳴のような叫びが、長い縁側に響き渡った。

「風の神と風子は、手と手を携えて下界の天候を守っていくもの。少なくとも雅風兄さまはそう教えてくださいました」

豆風の目から、大粒の涙がほろほろと零れ落ちた。

「生贄だなどと、聞かされた覚えはありません！」

「豆風、聞き分けのないことを言うものでは――」

「母さまはずるい！」

ひときわ高い叫びに、風漣がびくりと身を竦ませた。

「母さまのお心を支配しているのは、豆風でも雅風兄さまでも瑞風国でもない。亡くなった涼風兄さまだけです！　母さまが愛しておられるのは、今も涼風兄さまただおひとりなのです！」

「何を言い出すのですか、豆風！」

豆風は泣きながら頭を振る。

「ご自分でおっしゃったではありませんか。母さまのお心は今もなお、九年前にいるのです。こうして目の前の豆風を見ていても、その目に豆風の姿は映らないのです。母さまのお心には、豆風の入る隙間などないのです」

――豆風さま……。

涼風というもうひとりの兄の存在を、豆風は知っていた。おそらく凜之介が記憶を取り戻した折に、雅風から聞かされたのだろう。九年前の事件をどこまで詳細に知っているのかはわからないが、少なくともあの事件によって風漣が心を病んでしまったことはわかっているようだった。

「豆風がどれほど寂しかったか、母さまはご存じないのでしょう」

「豆風、私はお前を――」

「だから凜之介が生贄だなどと言えるのです！」

「豆風さま！」

遮ろうとした凜之介の声すら、豆風には届いていないようだった。

「凜之介が来てくれて、豆風がどれほど嬉しかったか、母さまにはおわかりにならないでしょう？　凜之介と過ごす時間がどれほど楽しくて……どれほど幸せだったか」

豆風はキッと顔を上げ、風漣に向かって言い放った。

「凜之介に死ねと言うのなら、豆風も一緒に死にます！」

「豆風！」

「豆風さま！」

「風子の儀式など、絶対に行わせはしない！」

豆風は傍らの戸板を勢いよく開き、そこから庭へ飛び降りると、まさに風のように駆けて行ってしまった。

「待ってください！　豆風さま！」

後を追おうとしたが、広い庭に豆風の姿はもうなかった。おそらく以前教えてくれた抜け穴から、屋敷の外へと向かったのだろう。

「豆風……ああ」

風漣が廊下に崩れ落ちる。

「風漣さま、大丈夫ですか」

「凜之介……あの子を、豆風を……」

「豆風さまは賢いお方です。間違いなど犯さないはずです」

凜之介はそう言って、ガタガタと震える風漣を抱き起こした。

断言はできないが、予想はついている。おそらく豆風は雅風に掛け合うつもりなのだ。雅風の居場所を探すために飛び出したのだろう。風子の儀式を中止させられる可能性があるとすれば、雅風への直訴しかない。混乱する頭で、豆風はそう考えたに違いない。

ところが風漣は激しく頭を振る。

「あの子を……豆風を、今すぐ追ってちょうだい、凜之介」

髪を振り乱して縋(すが)りつく風漣の手は、氷のように冷たい。

「しかし……」

今日は他でもない、十七の誕生日——風子の儀式の当日なのだ。

——おれがそのまま逃げ出したら、どうするつもりなのだろう。

逃げるつもりなど毛頭ないが、風漣がその可能性を失念するとは思えない。

「豆風さまならきっと大丈夫——」

「違うのです」

豆風の去った庭を見やりながら風漣が呟いたひと言に、凜之介はぎょっとした。

「カマイタチが……」

「なんですって?」

「カマイタチが現れたのです」

「なっ……」

このところ雅風が腐心していたこと。それは九年前、今は亡き厳風によって根こそぎ退治されたはずのカマイタチの残党が見つかったという情報の精査だったのだという。一報こそ何かの間違いではないかと疑っていた雅風だったが、ほどなくして二報と三報が入ると、これはただならぬ事態だと緊張を高めたという。

「ちょうど、そう、お前が小鈴としてここへ連れてこられた直後のことです」

「それで雅風さまは……」

『ここでは好きに過ごすがいい。しかし屋敷の敷地から勝手に出ることは許さない。誰かが訪ねてきても必ず私を通すように。私の許可なしに会うことは許さない。よいな』

取りつく島もないあの言いようは、豆風と小鈴——凜之介をカマイタチから守らなくてはならないという強い意思の表れだったのだ。そうして昨日の朝方、恐れていた事態が起こってしまった。

「ついに……カマイタチの仕業と思われる犠牲が出たのです。九年ぶりに」

知らせを聞いた雅風は、傍らの凜之介を起こさぬよう閨（ねや）をそっと抜け出し対処に向かった。何か喫緊の問題が起きたのではという豆風の懸念は、当たっていたのだ。

「ああ……豆風……あの子の身に何かあったら……」

そう言って風漣は歩き出そうとしたが、ふらりと力なくその場に座り込んでしまった。恐怖で四肢に力が入らないのか、そのままよよと青ざめた顔を覆う。その脳裏には九年前の事件の記憶がまざまざと蘇っているに違いない。

「豆風さまは、私が連れ戻します。必ず」

凜之介は、風漣の震える肩に手を置いた。その瞳が涙に濡れている。

この涙を、早く豆風に伝えたいと凜之介は思った。風漣は心を病んでいた。過去に囚（とら）われてもいた。けれどその瞳に愛らしい息子の姿は、ちゃんと映っているのだ。そうでなければこんなふうに心配の涙を流したりしない。

「日が沈むまでには必ず」

豆風を無事に連れ帰り、それから儀式に臨むつもりだ。

「凜之介……頼みます」

凜之介は「必ず」と力強く頷き、今さっき豆風が開け放った戸板の隙間から、まだ早朝の気配の色濃い庭へと飛び出していった。

――豆風さま、風漣さまはあなたのことを、ちゃんと愛しておられますよ。

胸の中でそう呟きながら。

以前豆風に教えられた抜け穴から屋敷の外へ抜け出る。

――まだそう遠くへは行っていないはずだ。

目の前に広がる林の中に、豆風はまだいるはずだ。凜之介は健脚を生かし、全力疾走で豆風を追った。

「豆風さま！」

声の限りに叫び、耳を澄ます。しかし豆風の返事は聞こえてこない。

「豆風さま！　どこですか、豆風さま！」

熊笹（くまざさ）の生い茂る林の小道を、まさに風のように駆けながら、その名前を呼び続けた。と、その時だ。斜め前方のこんもりとした草むらが、がさりと動いた。

「豆風さま……？」

熊笹の葉の隙間から、豆風の頭と思（おぼ）しき黒い髪が覗いている。凜之介は足を止めた。

――追いついた。

ほっと胸を撫で下ろした次の瞬間、熊笹がガサガサと大きく動き、その中から豆風の身体が飛び出し、空に向かってひらりと舞い上がっていった。

「なっ……」

何が起こったのかわからず、凛之介は上空を仰ぎ見る。

——あれは。

イタチのような顔だが、その胴体は蛇(へび)のように長い。両の前足は鋭い鎌の形をしている。身の丈七寸ほどもありそうなそのおぞましい姿に、凛之介は言葉を失くして瞠目(どうもく)する。

——カマイタチ……。

涼風の命を奪った、憎き妖。その長い胴体が今、豆風の小さな身体に巻きついている。

「豆風さま！」

凛之介の叫びに、ぐったりとしていた豆風の目がゆるりと開いた。

——よかった。生きている。

「んぐっ！　んーっ！」

目を覚ました豆風が手足をばたつかせるが、カマイタチはびくともしない。上空でぐるぐるととぐろを巻いたかと思うと、そのままずーっと移動し始めた。屋敷の方角だ。

「豆風さま！」

声を限りに叫びながら、凛之介はカマイタチの後を追った。

息も絶え絶えになりながら、屋敷の庭に戻る。カマイタチは風の塔のてっぺん、凛之介が毎朝歌を歌うための、畳にして十畳分ほどの場所に入り込んで居座っていた。その細長い身体はまだ、豆風に巻きついたままだ。

――豆風さま、今助けに行きますからね。

凛之介は、縁側に立てかけてあった二本の竹刀を手に取った。鋭い鎌を前に竹刀はいかにも心許ないが、何も武器がないよりもマシだ。

――許さない……カマイタチだけは、絶対に許さない！

燃え滾る心とは裏腹に、頭は自分でも驚くほど冷静だった。林から屋敷へ通じる抜け穴の存在を知らないのだろう、カマイタチは凛之介がすでに塔の下まで迫ってきていることに気づいていないようだ。凛之介は上り慣れた階段を、足音を忍ばせて上っていった。

最上段まで上り切ると、階段の近くにカマイタチの尻尾が見えてきた。壁の際からそっと覗き見ると、カマイタチはその視線を遠く向こう、森のあたりに漂わせていた。雅風たちの帰りを待っているのか、それとも仲間と落ち合うことにでもなっているのか。

どちらにせよ不幸中の幸いだったのは、拉致された豆風がこちら、階段側に顔を向けていたことだ。凛之介の姿を目に留めた豆風は、驚きに目を見開く。凛之介は人差し指を唇に当てて、持ってきた二本の竹刀を掲げて見せた。

敏い豆風は「わかった」というように小さく頷く。あとはふたりが呼吸を合わせられるかどうか。それと――運。

凛之介はそっと前へ進むと、カマイタチの長い尻尾の先を思い切り踏みつけた。

「ウグエェッ！」

おぞましい声を上げ、カマイタチが激しく身を捩った。

「今です！　豆風さま！」

凜之介が叫ぶまでもなく、豆風は一瞬の隙をついてカマイタチのとぐろから抜け出し、凜之介の放り投げた竹刀を空中で受け取った。

その鮮やかな身のこなしに感心する間もなく、カマイタチがこちらを振り返る。傍らの豆風に向かって手を――先が鎌になっているその手を振り上げた。

「危ない！」

凜之介が叫ぶより先に、豆風は振り下ろされた鎌を、竹刀で「やっ！」と払いのけた。鋭い鎌で竹刀は真っ二つに斬られたが、その隙に豆風は凜之介の胸元へ飛び込んできた。

「凜之介！」

「豆風さま！　よくご無事で」

「凜之介の稽古のおかげだ」

型などどうでもいい。大切なのは力と疾さ。小手先で斬ろうとすれば逆に斬られる――。

それは恵塊の教えだった。酒浸りの生臭坊主が、風の神の長・厳風の右腕だったなんて、あの頃の凜之介には知る由もなかった。からかい半分に授けられたそれが、村の道場で教える習い事の剣術とは異なる、命を狙って襲ってくる相手と対峙するための心得だったのだと、こんな形で思い知らされるとは夢にも思っていなかった。

朝に夕に、寸暇を惜しんで剣術の稽古をしていた豆風。その真っ直ぐでひたむきな精神がこの窮地から己を救ったのだ。しかし「よくご無事でした」と安堵の言葉をかけるには、状況はあまりに緊迫している。凜之介は豆風を背中に回すと、その目に怒りの炎を揺らしながら向かってくる妖と向き合った。

「オマエハ……カゼコ」

カマイタチは耳まで裂けた口からしゅるりと長い舌を覗かせた。そのおどろおどろしい赤に、ぞくりと総毛だつ。

「豆風さま、今のうちに早く下へ」

カマイタチに向かって竹刀を構えながら囁いた。豆風は凜之介の背中にしがみついたまま、ぶるぶると頭を振った。

「見損なうな。私はお前をおいてひとりで逃げるような、臆病者（おくびょうもの）ではない」

「逃げるのではありません」

「……え」

「カマイタチは一匹とは限りません。屋敷に戻って、風漣さまを守ってください」

「母さまを……」

「雅風さまはこいつを追って、きっとすぐそこまで戻ってきているはずです。それまで風漣さまを！」

それほど都合よく雅風が戻ってくるとは思えなかったが、そうとでも言わなければ豆風をこの場から逃がすことはできない。そうこうしている間に、カマイタチはじりじりと距離を詰めてくる。

「こいつ一匹くらい、おれひとりで退治できます。さあ、早く！」

凜之介の叫びに、豆風はようやく「わかった」と頷いた。そしてくるりと踵を返すと、塔の階段をバタバタと駆け下りていった。その足音が消えないうちに、カマイタチは両の手の鎌を、凜之介の頭上に振り上げた。

「オノレ、カゼコ」

ぐあぁと大きく口を開き、カマイタチが覆いかぶさってくる。ズドン、ズドンと振り下ろされた鎌を、すんでのところで飛びのいてかわした。俊敏さはないが、恐ろしく力が強い。

「こっちだ！　カマイタチ！」

カマイタチが床に突き刺さった鎌を抜く間に、凜之介はひらりと身をかわし、毎朝歌っている柵（さく）の手前で振り返った。

「かかってこい！」

腹の底から叫んだのは、カマイタチの注意を引きつけるため。豆風を逃がすためだ。

「カゼコ……ナマイキナ、カゼコ」

カマイタチは、思惑通りこちらへ向かってくる。凜之介は握り慣れた竹刀を構えた。

「ウゴゴォ！」

唸りながら、カマイタチが襲いかかってくる。

「っ！」

振り下ろされた鎌を払いのける。しかし案の定、竹刀は豆風のそれと同じように真っ二つにされてしまった。

――くそっ……。

睨み上げる傍から、右の鎌が振り下ろされる。柵の際まで追いつめられ逃げ場を失った凛之介は、反射的にその場に身を屈めた。

「うぁ……っ！」

左肩に、鋭い痛みが走る。指先からぽとぽとと赤い血が滴り落ちた。

力を振り絞って立ち上がった凛之介に、カマイタチの巨体が覆いかぶさってくる。右の鎌は木製の柵に刺さったままだ。凛之介は激しい痛みをこらえ、振りかざされた左の鎌の根元を両手で押さえた。

「シネ、カゼコ……」

カマイタチの大きな身体と柵の間に挟まれ、身動きが取れない。

「っ……」

肺が押しつぶされそうになり、喉奥からひゅっと頼りない音がする。息ができない。

——雅風さま……。

心でその名を呼んだのと、背中でメリメリと木が裂ける音がしたのは、どちらが先だっただろう。一瞬の解放感の後、視界が真っ青な空を捉える。ふわりと身体が浮いた気がした次の瞬間、凛之介の身体は地面に向かって落下を始めた。

「凛之介————っ！」

浮遊感の中、下方から豆風の絶叫が聞こえる。

塔の上で不敵に笑うカマイタチが、恐ろしい速度で遠ざかっていく。

——ああ、これでいいんだ。

妙に冷静な思いが胸を過る。

どの道今日のうちに、ここから身を投げることになっていたのだ。

——これで本物の風子になれるんだ。

涙が風に散るけれど、心は不思議なほど凪いでいた。

——雅風さま……。

最期にその愛しい顔を見られなかったことだけが心残りだった。

けれど目蓋の裏に、その愛しい顔はしっかりと焼きついている。ここにはいなくても、凛之介の心にはいつも雅風がいる。たとえこの身体が風となって消えても。

——愛していました、雅風さま。こんなおれを愛してくれてありがとうございました。

意識を手放す直前、ぎゅんっとひときわ強い横風が吹いた気がした。

わたぐも　はこぶ　あおきかぜ
いなほ　ゆらす　こがねのかぜ
あまたの　かぜの　ふところで
とんびは　そらに　くるりとな

どこからか、歌が聞こえる。とてもよく知っている歌だ。水の中をゆらゆらと揺蕩(たゆた)ってい
一緒に歌おうとしたけれど、どうしてだろう声が出ない。その声は不思議とはっきり聞こえた。
るような気分なのに、

——誰が歌っているんだろう。

男らしくて艶(つや)やかな、大好きな声。

——この声を……おれは……。

はつゆき　おとす　ましろきかぜ
にじを　かける　なないろのかぜ
あまたの　かぜに　みまもられ
とんびは　おやどに……

うっとりと聞きほれていたら、襖が開くような音がした。不意に歌が止(や)んだ。

「兄さま、おはようございます」

「ああ……おはよう」

「どうですか。凜之介の様子は」

近づいてくる幼い声。この声も、よく知っている。

——そう、おれは凜之介。千田凜之介だ。

「相変わらずだ」

「そうですか……肩の傷は癒えたというのに、どうして目を覚まさないのでしょう」

——肩の傷……。

脳の奥が、ずくんと疼いた。目眩を覚え、凜之介は小さく眉根を寄せる。

「あれ、今、ちょっと眉が動いた気がします」

「本当か」

慌てたような声。衣擦れの音がする。

「おい、凜之介」

耳朶に温かい息がかかる。

――この声……。

「凜之介、わかるか。私だ。雅風だ」

――雅風……。

目眩が激しくなる。止まっていた時が、急速に流れ出すような。

『相変わらず無鉄砲だな』

『神は人違いなどしない』

――ああそうだ、この方は風の神の……。

「目を開けてくれ、凜之介！」

温かい手のひらが、額を、頬を撫でる。

愛おしそうに。

『狸寝入りなどするなということだ』

『これからお前の身に何が起ころうと、案ずることはない。お前は私が守る』

『お前を愛している、凜之介』

真っ暗な視界が、徐々に明るさを取り戻していく。目眩が徐々に治まってくる。

「凜之介、頼む、目を開けてくれ！」

ぎゅっと強く手を握られた。

——この手は……雅風さまの、手。

凜之介はゆっくりと目を開けた。

「凜之介！」

声のする方へ、ゆるりと顔を向ける。

そこにあった顔。泣き出しそうな顔。愛おしい——その顔。

「見えるか、凜之介？　私の顔が見えるか？」

「雅風……さま」

ずいぶんと久しぶりのような気がする。小さく笑って見せると、目の前の端整な顔がくしゃりと歪んだ。

「凜之介、よかった……本当に……」

涙声の呟きは「うわあああん」という大音響の泣き声に掻き消された。

「凜之介がっ、凜之介が、目を覚ました……うわあああん」

「豆風、至急母上に知らせてきてくれ」

「わ、わかりました、うわああん」

号泣しながら部屋を飛び出していく小さな背中を見ながら、凜之介はゆっくりと身体を起こした。

「雅風さま、おれは——あっ」

長い腕が伸びてきて、息が止まるほど強く抱きしめられた。

「よかった……本当によかった」

髪を、背中を、撫でる手のひらが優しい。

「雅風さま……なぜおれは」

生きているのですか？　尋ねようと開いた唇を、覆いかぶさるように塞がれた。

「……んっ……ふっ」

強引で乱暴な口づけだった。けれどなぜだかたまらなく嬉しくて、ぶわりと涙が溢れた。

——雅風さま……。

「……っ……ふっ……」

その手をおずおずと雅風の背中に回すと、抱きしめる腕にまた力が込められた。

「二度とお前を放さない」

口づけの合間に、雅風は力強く囁いた。

九年前、厳風たちが退治したはずのカマイタチ。その残党がいると知った日から、雅風は躍起になって捜索を始めた。たったひとりの大切な兄・涼風の命を無残に奪ったカマイタチを、今度こそ根絶やしにすると心に固く誓ったのだという。

誓いの炎は心の奥に隠し、沈着冷静に情報収集をした結果、その巣窟を発見するに至った。カマイタチはその数なんと数十匹にまで分裂、増殖していた。雅風は腕の立つ側近を集め、周到に計画を練った。ところが着々と準備を進めていたあの夜、通りでカマイタチが暴れているという急報が飛び込んできたのだった。

凜之介と初めて結ばれた余韻を振り払い、おっとり刀で駆けつけた雅風たちは、事前の打ち合わせ通り、次々とカマイタチたちを仕留めていった。しかし激しい戦いの末、ついに全滅に追い込んだかと思った矢先のこと、息絶えたと思っていた一匹が突如息を吹き返して逃げ出していったと、側近が慌てた声で告げた。雅風の屋敷の方へ向かったという。

身を翻して屋敷へ急ぎ戻った雅風の目に、カマイタチにのしかかられ、今しも風の塔から落ちそうになっている凜之介の姿が飛び込んできた。鎌で斬られたのだろう、その肩から夥(おびただ)しい血が流れている。

『凜……』

その名を呼ぶより先に、塔の柵が壊れ、凜之介の身体が落下し始めた。

何も考えられなかった。無我夢中だったという。気づいた時には、地面に叩きつけられる寸前の凜之介の下に、間一髪滑り込んでいた。雅風の身体が緩衝材となり最悪の事態こそ免れたが、それでも全身を強か（したた）に打っていた凜之介は、それから半月近く眠り続けていた――と、これはすべて目を覚ましたその日に雅風が話してくれたことだ。

雅風は毎日、時間の許す限り凜之介の傍にいたという。夜は凜之介の布団の横に自分の布団を敷き、赤子にでもするように子守唄を歌って聞かせ、おやすみ、おはよう、の挨拶も欠かさず、その日にあったことを、こんこんと眠り続ける凜之介に、世にも甘ったるい声で話しかけていた――と、この半月の雅風の様子を微に入り細を穿（うが）ち教えてくれたのは、豆風だった。

「雅風兄さまがだぞ？　あの、年がら年中ぶす～っとしておられる兄さまがだぞ？　毎朝毎晩の挨拶代わりに、お前に……く、くく、口づけを……あああ、豆風がどれほどたまげたかわかるであろう、凜之介」

信じられないものを見たとばかりに、豆風から報告を受けたのは、半月の眠りから目覚めて三日後のことだった。その頃にはどこか朧だった様々もはっきりと思い出すことができ、カマイタチに斬られた肩の傷もずいぶんよくなっていた。布団から起き上がり、縁側で豆風の剣術の稽古に口を出すこともできるようになっていた。

「おれは、ぶす〜っとしている雅風さまも、嫌いじゃないですよ？」

凜之介の反応に、豆風はその大きな目を瞬かせた。

「凜之介は、存外酔狂なのだな」

豆風が真顔でそんなことを言うものだから、凜之介は噴き出してしまいそうになる。

「けどまあ、惚れた腫れたの問題は、他人がとやかく口を出すものではないからな。元より豆風は、兄さまが凜之介を娶ればよいのにと思っていたのだ」

「え、そうだったんですか？」

「お前が雪雲草の花冠をもらったと知った時、贈ったのが兄さまだったらよいのにと、実はひそかに思っておったのだ」

あの時、豆風は確かに何かを言い澱んでいた。幼い豆風がそんなふうに考えていてくれたことを知り、凜之介の胸には温かいものが広がる。

「まあ、ぶすっとした男が好きならそれもよかろう。蓼食う虫も好き好きと言うしな」

豆風がしかつめらしく頷いたところで、庭先から声がした。

「誰が蓼だって？　豆風」

「わわ、雅風兄さま」

「こんなところで油を売っている暇はあるのか、豆風。『あの子は風術と剣術ばかり一生懸命で、学術の方はとんとおろそか』だと、母上が嘆いておられたぞ？」

「い、今から部屋で、しょ、書物でも読もうと思っていたところです」

「ではさっさと行きなさい」

雅風に急きたてられ、豆風は渋々といった顔で自室に戻っていった。

「口を尖(とが)らせていましたね」

「ひょっとこのようだったな」

〝蓼〟の仕返しとばかりに、雅風は大人げない憎まれ口を叩いて肩を竦めた。

「具合はどうだ、凜之介」

「ええ、おかげさまでとてもいいです」

「それはよかった」

「雅風さまのおかげ――っ……んっ……」

隣に腰を下ろすなり、雅風が唇を重ねてきた。三日前に意識を取り戻して以来、もう何度こうして口づけを交わしたかわからない。

「が、雅風さま……」

「なんだ」

「誰かに見られたら……」

「豆風は部屋で書物を読むと言っていた」

「ふ、風漣さまが……」

『母さまが愛しておられるのは、今も涼風兄さまただおひとりなのです！』

あの日、豆風が叩きつけた激しく切ない本音。そして幼い豆風まで失うかもしれないという慄き。それらが相まって、九年間涼風の死から立ち直れずにいた風漣の心に、芯を持たせた。風漣は別邸を出てこの屋敷で雅風、豆風と共に暮らすことを決意した。

体調も徐々に回復し、笑顔も増えてきた。今度ふたりで河原に散歩に行くのだと、昨日豆風が嬉しそうに言っていた。

「母上は自室でお茶を飲んでいらっしゃる。心配は無用だ」

そう言うと、雅風は不意に真顔になった。

「凜之介」

「……はい」

「風子の儀式についてだが」

ドクン、と鼓動が跳ねた。ついにそのことについて聞かされる時が来たのだ。

三日前、目を覚ましてすぐ凜之介は不思議に思った。なぜ自分はここにこうしているのだろう。なぜ生きているのだろう。十七の誕生日に、風の塔から身を投げた——風子の儀式を行ったというのに。

カマイタチにのしかかられて落ちてしまったからだろうか。自分の意思ではなかったから、あるいは儀式が遂行されたことにならなかったのだろうか。儀式をしなかった風子は、どういった運命を辿ることになるのだろう。あれこれ尋ねようとした凜之介に、雅風はひと言『もう少ししたら話す』とだけ答えた。凜之介の体調を慮ってのことだったのだろう。

しかしいつまでも知らぬままではいられない。覚悟を決め、太腿の上で拳を握った凜之介に、雅風が放った台詞はしかし、想像もしないものだった。

「凜之介、お前はもう、人ではない」

凜之介は「え？」と俯けていた顔を上げた。

それから雅風が話してくれたことは、俄かには信じられないことばかりで、凜之介はただ茫然と聞き入ることしかできなかった。

雅風が風子の儀式について聞かされたのは、この春、父・厳風の口からだったという。病で身体が弱り、もはやその命が長くはないと誰の目にも明らかになったある日、厳風は雅風を枕元に呼んだ。そこで初めて、風子が実は生贄であることと、風子の儀式について聞かされたのだという。

風子は七つの時から瑞風国に上がり、十年間の見習い期間を経て、十七になったその日に真の風子となる。雅風は幼い頃からそう聞かされ、なんの疑いもなく信じてきた。九年前の事件のせいで一時的に朱鷺風に戻されてはいるが、十七になれば凜之介はまた瑞風国へやってきて、以前と同じように毎朝風の塔で歌うのだと、ずっと思い込んでいた。

ところが病床の父の口から語られたのは、あまりに残酷な事実だった。

『風と同化し、朱鷺風を守る……それが風子に与えられた宿命なのだ』

だから十七になる前に朱鷺風から凜之介を連れてきて、儀式を行えというのか。

『儀式を行わなければ、どうなりますか』

『身体が衰え、数日のうちに消えてしまう』

雅風はぐらりと目眩を覚えた。

『もしも凜之介が、今のまま朱鷺風に残ったら、その時はどうなるのですか』

『朱鷺風の天候は、今以上に荒れ狂うだろう。何年にも亘り荒れに荒れ……数年以内に人の住めない土地になろう。数えきれないほど多くの命が奪われるに違いない』

『風子は……凜之介は？』

『風子は風子でなくなり、ただの人に戻る。しかし……』

二度と瑞風国へ上がることはできなくなり、風の神の目にその姿は映らなくなる。つまり凜之介に会うことは二度とできなくなるのだと、厳風は苦しそうに語った。

『そんな……そんなことって』

瑞風国へ連れてきても、朱鷺風に残しても、二度と凜之介には会えなくなる。

あまりにむごい。雅風はとてつもない衝撃を受け、病床の父の前でひどく取り乱した。

『なぜ……そんなことを、なぜ今になって！』

『話さなければと、何度思ったことかわからない……しかし』

本来風子の儀式についての伝達は、子が十七になった折になされるのが決まりだった。しかし涼風をあのような形で亡くし、以来風漣も床に伏している。そんな中懸命に気を張って生きている雅風に、間もなく凜之介に会えなくなるという悲しい事実を、なかなか告げることができずにいたのだという。

悲しい伝達を済ませた後、ほどなく厳風は息を引き取った。

今際の際にただひとつの〝例外〟について言い残して。

雅風は懊悩した。凜之介をふたたび瑞風国に呼び戻せば、十七になるまで一緒に過ごすことができる。しかし半年もしないうちに、残酷な儀式を行わなくてはならない。

他方、凜之介をこのまま朱鷺風に残せば、二度とその姿を見ることは叶わなくなる。それまで何度となく朱鷺風に下り、結界の向こう側から聞こえてくる凜之介の歌声だけを生きがいにしていたのに、それさえも叶わなくなってしまうのだ。

悩み苦しんだ雅風だったが、最終的には凜之介をこのまま朱鷺風に置こうと決めた。朱鷺風にいる限り、凜之介は人として生きていかれるのだ。二度と会えなくなったとしても。

その判断と引き換えに朱鷺風の天候は荒れ狂い、多くの人々が土地を追われることになるだろう。けれど、それでも凜之介に儀式を行わせるという決断は、終ぞできなかった。風の神としては誤った答えなのかもしれないが、目の前で儀式が行われることを想像すると、正気でいられる自信がなかった。

そうしてあの日、雅風は朱鷺風に下りた。最後の最後に一度だけ、十六になった凜之介の姿を目に焼きつけ、遠くからそっと「さようなら」と告げるつもりだった。凜之介が十七になるまで、あとひと月半に迫った、秋の日のことだった。

その日朱鷺風は久しぶりの晴天。凜之介はきっと恵塊の目を盗んで村へ出かけるはずだと踏んだのだ。果たして凜之介は、いそいそと結界の外へと飛び出してきた。

『凜之介……』

およそ九年ぶりに目にした凜之介に、雅風は思わず息を呑んだ。長年の想像を遥かに越えるほど、それはそれは美しい青年に成長していたのだ。八つの頃のあどけなさを残しつつも、その名の通り凜とした佇(たたず)まいに雅風の心は打ち震えた。相変わらず細い身体で、果敢に野盗に立ち向かう凜之介に見惚(みと)れ――。

雅風は決意を翻してしまった。

厳風の言い残したたったひとつの〝例外〟に、賭けてみようと思った。

「たったひとつの例外というのは……？」

「お前を娶ることだ」

「娶る？」

雅風は深くひとつ頷いた。

『たったひとつだけ……例外がある。風子が、儀式を行うことなく……その後も風子として生きる方法が……』

息を引き取る寸前の弱々しい父の声に、雅風は耳を澄ませた。

『あるのですか。そのような道が』

『風の神の長が……風子と契り……風子を娶るのだ。身も心も長と契ることで、風子は風の神になる。神として、同時に真の風子として、その生涯を……』

ようやく聞き取れた最期の言葉を、雅風は信じることにしたのだという。

「お前をここへ連れてこようと決意したものの、逡巡は大いにあった。私が知らぬ九年のうちに、お前に思い人がいないとも限らないし」

「そんな、おれはっ」

「ああ。知っている。お前はあの頃、憎からず私を思ってくれていた。そうであろう？」

「……………」

真っ赤になって俯く凜之介に、雅風は口元を緩める。

「お前の気持ちは手に取るようにわかっていた……はずだったのだ。まるで自信のないまま連れてきたわけではない。けれどお前の気持ちを確かめようとするたび、怯えられ、拒絶され……私は次第に自信を失くしていった。私の顔を見るたびに赤くなったり青くなったりしていたのは、七つや八つのおぼこの頃の話だ。しかもお前はあの頃の記憶をすっかり失くしていて」

記憶を取り戻せば、同時にあの凄惨な事件のことを思い出すだろう。凜之介の心が平静を保てなくなることは目に見えていた。

「今、目の前にある、お前の愛らしい笑顔を消したくないと……強く願ってしまった」

だから事件のあった客間に入ることを禁じ、豆風には蔵から風鈴を出すことを禁じた。無事契りを交わし、儀式を回避してから、ゆっくりと記憶を手繰ればいい。そう考えたのだという。

どうにかして一刻も早く心を、身体を通い合わせたい。通い合わせなくてはならない。それなのに、近づくほどに凜之介の気持ちがどんどんわからなくなっていく。嫌われているわけではなさそうなのに、少しでも距離を詰めようとすると、思いもよらない反応をされ、焦りばかりが募ったという。

「こぶに触れようとしただけで、びくびくと」

「あれは、その……恥ずかしかったのです」

「河原の土手で雪雲草の花冠を渡したのに、逃げ出してしまうし」

「あれは……あの時は……」

「口づけも拒まれた」

「雅風さま」

「わかっている」

雅風の長い腕が伸びてきて、言い訳ごと凜之介をふわりと抱いた。

「九年前、私とお前は、幼いながらも互いをただひとりの相手と感じていた。しかし私たち以外でそのことに気づいていたのは兄上だけだった。もしも父上があの頃の私たちの気持ちを知っていたなら、もっと早くに〝例外〟について話してくれたかもしれない」

凜之介が記憶を失くし、小鈴と名を変えて暮らしていることも、厳風は知っていながら雅風には話していなかったという。息子の気持ちを慮るあまり、なかなか真実を言い出せなかったのだろう。

「それにしても、儀式のことをお前が知っているとは、夢にも思っていなかった」

風子の儀式について打ち明けてしまおうという思いが、雅風の脳裏には幾度となく浮かんだ。しかし凜之介の受ける衝撃を想像し、そのたび思い留まったという。

「命が惜しいのなら私と契れ――。『身も心も契ることで』と父はこう言ったのだ。そんな非道なことを、私は言いたくなかった。何より父
凜之介が自分を愛し、契ることに自らの意思で同意すること。儀式を回避するただひとつのその道が、雅風の目には厳しく険しい道に見えた。

カマイタチへの対応に追われる中、時間だけが無情に過ぎていく。雅風の焦燥は頂点に達した。

そうしてとうとう儀式まであと三日となったあの日、雅風は決意の求婚を試みた。ところ

が凜之介は口づけすら拒絶して逃げ出してしまう。凜之介が儀式のことを知っているとは想像もしていなかった雅風は、心が折れるほど打ちひしがれたが、時は流れを止めてくれない。

弱気になる心を奮い立たせ、背水の陣でその夜、凜之介の寝室を訪れ、ついに思いを成就した。事の後すぐに、儀式について話そうとしたのだが、凜之介は疲れて眠ってしまった。

「あまりに穏やかに寝入っているので、起こすのが忍びなくなって」

『まあよい、明日の朝にするか』

翌朝話すことにしたのだが、深夜、突如カマイタチに動きがあり――。

「危ないところだったが、こうしてどうにかお前を失わずに済んだというわけだ」

「それじゃ、おれはもう本当に、真の風子に……？」

「ああ」

もし自分と契っていなければ、塔から落ちていく間にお前の身体は風と化していただろう。

凜之介の髪を愛おしそうに撫でながら、雅風はため息のように呟いた。

「お前は真の風子であり、同時に風の神でもある。これから命尽きるその日まで、私たちと手を携えて朱鷺風の天候を守っていくのだ」

力強く見下ろす男らしい瞳に、凜之介は「はい」と大きく頷いた。

「私は誓う。お前に二度と辛い思いはさせない。兄上と、それから弥助殿の分まで、お前を幸せにする」

「雅風さま……」

凜之介の瞳から、ぶわりと熱い涙が溢れた。

「おれは、幸せになっても……よいのでしょうか」

「当たり前だ」

そう言って雅風は、折れるほどの力で凜之介の細い身体を掻き抱いた。

「お前の幸せなくして私の幸せはない。これからは悲しみや苦しみの欠片さえお前に近づけはしない。お前はこれから毎日毎日、喜びと幸福だけを噛みしめて生きるのだ。よいな？」

はい、と答えたいのに、涙が溢れて言葉にならない。

「私はお前を生涯愛し続ける。幸せにすると誓う」

甘い囁きが、耳朶を擽る。

「お、れもっ……雅風さまをっ、生涯、愛し続けますっ……」

しゃくり上げながらようやく告げると、息が止まるほど強く抱きしめられた。

逞しく強く、そして優しい腕の中で、凜之介は幸せの涙を流し続けた。

その夜、みなが寝静まるのを待って、雅風が凜之介の部屋にやってきた。

薄暗がりの中、視線が絡むが早いか、唇を重ね合った。

「んっ……雅風、さまっ……」

「凜之介……」

「……ふっ……っ……」

口づけを交わしながら、互いの着物を脱がせ合う。そんなわずかの間さえもどかしいほど、一刻も早く肌と肌を合わせたかった。

「雅風さま……雅風さま……」

現れた逞しい身体。その名を呼びながらむしゃぶりつくと、強い力で抱き返された。

そのままもつれるように布団に倒れ込む。

「もうこんなにしているのか」

凜之介を仰向けに寝かせると、雅風はその股間に手を伸ばす。すっかり硬く勃ち上がった先端からは、気の早い体液が溢れ出していた。口づけだけで感じてしまったことを揶揄され、凜之介はその白い肌を朱に染める。

「本当に愛らしいな、お前は」

くすりと笑い、雅風は指先でそこを悪戯する。

「ああっ……だめ、ですっ……」

敏感な部分をぬらぬらと弄られ、凜之介はたまらず背を反らした。

「だめ……あぁ……ん、やぁ……」

「だめも嫌も、聞き入れるつもりはない」

濡れた声で雅風は囁く。そしてその意地悪な宣言通り、凜之介の弱いところを責め続けるのだった。

「あぁ……が、雅風っ、さまぁ……だめ、です」

「だから、だめは聞かぬと今」

「ちがっ」

凜之介はぶるぶると頭を振る。

「そこ、されたら、もうっ」

「もう？」

凜之介が何を訴えているのか、わかっているだろうに、わざわざ言葉にして聞き出そうとするのだから、今夜の雅風は本当に大人げない。

「ここをこうすると、どうなるのだ？　凜之介」

「あ、ああっ」

余裕をなくしていく凜之介に甘ったるい視線を注ぎながら、雅風は意地悪な愛撫の手を止めない。溢れ出した蜜を先端の割れ目に塗り込むように、ぬらぬらと擦ったかと思うと、反対の手で限界まで硬くなった幹を擦り立てる。

「ああっ、もうっ……だめ……達してしまいます」

その瞬間、雅風の瞳に濃い雄の色が浮かんだ。

「出せ。凜之介。お前の達するところが見たい」

「あっ、ひっ、あっ……ああ――っ！」

低い囁きに導かれるように、凜之介は激しく果てた。

「……っ……」

ぎゅっと目を閉じ、びくびくと下腹に精を吐き出す。絶頂は、終わらないのではないかと思うほど長く続いた。

「愛らしかったぞ、凜之介」

その声に、うっすらと目を開ける。

「雅風さまの……意地悪」

眦に涙を浮かべて睨み上げたのに、雅風はどこ吹く風だ。

「正直この間は、早く契りを交わさなくてはと、そればかり考えていて、思いの半分も遂げられなかったからな。今宵は思う存分、お前を堪能したい」

雅風の瞳の奥に灯った淫猥な色に、凜之介はごくりと喉を鳴らした。

「小鈴になったお前をここへ連れてきてからというもの、私が毎夜どのような夢想に耽っていたかを、聞かせてやろうか」

『想像の中で私は、お前を何度もこの手で抱いた』

先日の台詞が蘇り、カッと全身が熱くなる。知りたいような、知りたくないような。なんとも言えない心地がした。

「まず……お前のここを、存分に眺めるのだ」

言いながら雅風は、凜之介の両脚をぐっと深く左右に割った。大切なものにそっと触れるような優しい手つきで尻を撫で回され、たまらず「あぁ……」と甘い吐息が漏れた。

「ここに……何度も繰り返し口づけをするのだ」

雅風は凜之介の腰を両手で押さえ、膝や太腿の内側や、足のつけ根あたりに繰り返し口づけを施した。

「それからここにも」

「ああ、やっ、雅風さまっ」

双丘の狭間にひっそりとある窄まり。その付近を舌先でちろちろと擽られ、凜之介はたまらず逃げを打った。

「い、いけません、そんなところっ」

「なぜいけないのだ」

「だ、だって」

「だめも嫌も聞かないと言ったはずだ。ついでに『だって』も許さない」

今夜の雅風は、聞き分けのない駄々っ子のようだ。

「夢想の中のお前は、羞恥に身体を染めながら、腰をくねらせたり、あられもない声を上げたりした。そのなんとも愛らしい姿に私は……」

世にも卑猥なことを囁きながら、雅風は窄まりの襞(ひだ)に舌先をねじ込む。

「あぁぁ、やぁ……ん」

目眩のするほどの羞恥が全身を襲う。喉元から漏れる甘ったるい声は、どこか自分のものではないように感じた。

「凜之介……お前はここも愛らしい」

ぬち、ぬち、と音を立て、雅風は窄まりに舌を出し入れする。

「あぁぁ……いやぁ……ん」

「そう。そのような甘ったるい声で啼(な)いて」

「……あぁぁ……いい……」

「雅風さま、雅風さまと愛らしい声で私の名を呼びながら、何度も何度も達するのだ」

「が、雅風、さまっ」

凜之介は雅風の肩を揺すった。

「どうした」

「おれも……同じです」

雅風が「ん?」と顔を上げた。

「おれも……夢想していました。雅風さまと、ひとつになるところを」

再会して記憶を取り戻した後、その夢想を止めることはできなかった。夢の中で繰り返される雅風とのいやらしい交わり。浅ましい己の望みを密(ひそ)かに悩み、墓まで持っていくつもりでいたのだけれど、雅風の夢想を知り、打ち明ける勇気を得たのだ。

「雅風さまに抱かれ、恥ずかしい場所を触られながら達する夢を……何度も見ました」

「凜之介……」

「だから今宵は、雅風さまを、残らずおれに下さい」

早く……早く中に雅風が欲しい。潤んだ瞳で見上げると、雅風の喉がゴクリと鳴った。

「そのようなことを言って私を煽(あお)ると、後悔することになるぞ」

「後悔などしません」

きっぱりと告げた凜之介の唇に、雅風は奪うような激しい口づけを落とした。

「あ……あぁぁ……っ」

ゆっくりと、確かめるように雅風が入ってくる。その優しい手加減さえもどかしく感じるほど、凜之介は欲していた。

「早く……奥、まで」

ねだるように腰を揺らす凜之介に、雅風が目を剝く。

「そのように焦ると、怪我をするぞ」

「けど、我慢が……できない」

「お前というやつは……」

雅風は、「まったく」と小さく舌打ちをした。

「今宵は優しくしてやろうと思っていたのに」

「優しくなど、しなくていいから……早く……」

泣きそうな声で急かすと、半分入った雅風のそこが、ぐんっと力を増した。

「衝くぞ」

凜之介が頷くのも待たず、雅風が深くまでぐうっと入ってきた。

「あぁぁ……っ……すごっ……い」

窄まりが限界まで押し開かれる感覚。しかし痛みばかりではなかった。

「凜之介のいいところを、たくさん擦ってやるからな」

雅風はそう囁きながら、先日「ここ」と教えてくれた場所を、熱い先端で擦りたてた。

「あぁっ……そこぉ……」

「よいか？」

あまりのよさに、がくがくと頷くことしかできない。幾度も幾度もそこを突かれ、擦られ、凜之介の幹はまたべとべとに濡れた。

「いくらでも溢れてくる」

「いや……あん」

「いやらしい身体だ」

「ごめ、な、さいっ」

涙声の謝罪に、雅風はふっと口元を緩めた。

「いやらしい凜之介は、よけいに愛らしい」

「雅風さま……」

「もっともっと、いやらしくなれ、凜之介」

雅風が腰を振りたてる。奥を穿たれ、内壁を抉られ、凜之介は身も世もなく啼いた。

「凜之介の中は温かいな……温かくて、気持ちがよい」

「雅風さま……ああ、雅風、さまっ……」

「凜之介……愛している」

「おれもっ、愛して、います……あっ、んっ、ああ、あっ」

互いの呼吸が乱れていく。もう意味のある言葉は紡げそうになかった。

「あ……ん、もうっ……」

抽挿が速まる。がくがくと揺すぶられながら、凜之介は限界まで昇りつめた。

「ああ……出る……ああ——んんっ！」

目蓋の裏が白む。全身を突っ張らせながら、凜之介はドクドクと白濁を放つ。

同時に雅風が「……くっ」と低く唸り、最奥に熱い迸り（ほとばし）が叩きつけられた。

汗ばんだ身体が覆いかぶさってくる。その重みの幸福感が、凜之介の眦を濡らした。

初めての交わりの後、もうこの世に思い残すことはないと思った。何も悔いはないと。けれどこうして生き永らえることを許されて、あの時の自分がどれほど強がっていたかわかった。

――雅風さまと一緒にいたい。命が尽きるその瞬間まで。

ゆらゆらと夢の世界へ落ちていきながら、凜之介は心の底からそう願った。

「命尽きるその瞬間まで、お前を放さない」

囁きが聞こえたのは、夢か現(うつつ)か。

「愛している。凜之介」

この上ない幸福感に包まれながら、凜之介はひと時、意識を手放した。


「違う、そうではない。何度言ったらわかるのだ」

「す、すみませんっ」

「そうではなく、こう、だ」

豆風が胸の前で手を交差させてみせる。「そう」と「こう」の違いがわからず、凜之介は途方に暮れる。

「さあ、もう一度だ。できるまで何度でもやるのだぞ」

「わかりました。師匠」

師匠。そう呼ぶと、豆風の頬はほんのり上気する。ほんのわずかにだが、口元に笑みが浮かぶ。

——なんてわかりやすい……。

凜之介は懸命に笑いをこらえる。

「こら、凜之介。そんなたるんだ顔つきでは、いつになっても一人前の風の神になれんぞ」

「は、はい、師匠」

「しゃんと背筋を伸ばして、きりっと気を引き締めるのだ」

可愛い顔をして、小さな師匠はなかなかに厳しい。凜之介は背筋を伸ばし、気を引き締めると、もう一度風術の構えに入った。

真の意味で雅風と結ばれてから十日。ようやく本格的に体調が回復した凜之介に待ち受けていたのは、風の神としての修業だった。真の風子となり、同時に風の神となった凜之介。その毎日は目が回るほど多忙だった。

朝一番、風子として風の塔で歌う。朝餉の後は庭で風術と剣術の稽古。その後は雅風に連れられて、瑞風国のあちこちを回る。あつらえてもらったばかりの、金の刺繍の入った着物は雅風と揃いで、まだ着慣れないけれど、袖を通すたびに嬉しさが込み上げる。

屋敷の外を歩けるのは（時には雅風に抱かれて風に乗ることもある）嬉しいのだけれど、行く先々で『ああ、あなたさまが雅風さまの……』『おお、雅風さまが娶られた風子の凜之介さま……』と、声をかけられるのには少々困惑する。あちこちから飛んでくる祝福の声に照れて、いちいち顔を赤くする凜之介に対し、長である雅風の態度は堂々たるものだ。

『このように愛らしい風子を妻として娶ることができたゆえ、これから百年、我が国と朱鷺風は安泰だ』

『まことにおめでとうございます。あの、祝言のご予定は？』

――祝言。

その言葉だけでボッと顔から火を噴く凜之介の肩を抱き、雅風は『近々盛大に執り行う。追って沙汰をする』と、世にも嬉しそうに微笑むのだった。

今日はあちら、明日はそちらとあまりに多方に――国事とはまるで関係のなさそうな知り合いのところにまで――連れ回され、ある日凜之介ははたと気づいた。この遊説は新妻である自分のお披露目ではないだろうか。遠回しに尋ねてみると、案の定雅風はハッとしたように視線を泳がせた。

『しゅ、祝言までまだ時間があるだろう。その前にちょっと、お前をだな、その、あちこちに見せびらかしたくて……つい』

珍しくもしどろもどろとなる一国の長に、凜之介は呆れながら噴き出してしまったのだった。

『おめでとうございます、雅風さま、凜之介さま』

『まことにおめでとうございます』

『これで瑞風国も安泰ですね。なんと喜ばしいこと』

たくさんの祝福を受け、凜之介はこの上ない幸せに包まれた。

そんなわけで屋敷に戻るのは大抵夕刻で、夕餉の後には学術を……と思っているのだけれど、雅風がなかなか許してくれない。

――あれから毎夜だもの……。

雅風と寝室を同じくして十日。甘く蕩けるような夜の時間を思い出すたび、身体の芯が疼き出す。

――昨夜も雅風さまったら、情熱的で……。

「おい、凜之介！　よそ事を考えているのなら、豆風は師匠を降りるぞ」

「すっ、すみません豆風さま……じゃなくて、師匠」

「まったく本当に、出来の悪い弟子を持つと、苦労が絶えぬ」

嘆かわしい、と豆風が嘆息した時、門の方から足音が近づいてきた。

「凜之介、豆風、今帰ったぞ」

「あ、兄さま！　お帰りなさい！」

鬼の師匠は一転、甘えん坊の弟に変身する。昨夜の痴態を心に蘇らせていた凜之介は、雅風と視線が絡んだだけで、鼓動を跳ねさせる始末だった。

「風術の師匠は、なかなか厳しいようだな、凜之介」

雅風の後ろに、影のようについてきた大男――恵塊がからかうように笑う。凜之介が真の風子となった翌日、恵塊は九年間暮らした恵風寺を引き上げ、瑞風国へ戻ってきた。今は雅風の右腕として忙しい毎日を送っている。

「私とて、厳しくしたくてしているわけではないのだ、恵塊。凜之介の風術があまりにもふがいないものだから、仕方なく大声を張り上げているのだ」

それこそ「ぶす～っと」膨れ、豆風が肩を竦めた。恵塊が戻ってきたことで、凜之介は剣術の師匠をお役御免となった。凜之介に剣術を教えたのはそもそも恵塊だったということもあるが、豆風の上達ぶりには目を瞠（みは）るものがあり、そろそろ凜之介の手に負えなくなっていたのだ。豆風と一緒に凜之介も、あらためて恵塊に稽古をつけてもらっているが、伸び盛りの豆風に追い越されるのも時間の問題だろう。

「まあまあ豆風、そうかっかとするな。凜之介は新妻ゆえ、できればお手柔らかに頼む」

臆面もなく凜之介の肩に手を回す雅風に、恵塊が同調する。

「そうそう。新妻は風術や剣術の他にも、精を出さなくてはならないことがあるからな」

その意味するところを察し、凜之介は頬を染めた。

——恵塊ったら、豆風さまの前でなんてことを。

ところがすべてにおいて年齢より大人びている豆風も、そちらの方面の知識はまだらしく、きょとんと首を傾げた。その可愛らしい表情に、恵塊が弾けるように笑った。

「豆風さま、今日はこれから俺とふたりで釣りに参りませんか？」

恵塊が豆風を誘った。

「恵塊とふたりで釣りに？　なぜだ」

「豆風さまは、釣りがお上手だとお聞きしたのですが」

豆風の鼻がぴくりと動いた。得意になった時の癖だ。

「まあな。あれは豆風がまだ七つの頃だった。兄さまと釣りをした折、豆風は初めてであったにもかかわらず、兄さまより大きな魚を釣り上げたのだ」

これくらいのだ、と豆風は両手を大きく広げた。

「ほう、それは素晴らしい」

恵塊が大袈裟に驚く。豆風は小鼻をひくつかせた。

「ぜひこの恵塊に、釣りの手ほどきをお願いできませんか」

恵塊はニヤリとしたまま、ちらりとこちらに視線をよこした。どうやら釣りを餌に豆風を連れ出し、久しぶりに早い時間に帰宅できた雅風と凜之介に、ふたりきりの時間を作ってくれようとしているらしい。

「構わんが、何分えらく久しぶりだからな。あの時ほどの大物が釣れるかどうか」

ちょっと不安になったのか、豆風が眉根を寄せた。

「なあに、やっているうちに思い出しますよ」

「だとよいが。そうだ凜之介、お前も一緒に——うわっ」

豆風の小さな身体を、恵塊がひょいと抱き上げた。

「い、いきなり何をする、恵塊！」

「善は急げと申します。ささ、参りましょう」

「り、凜之介は」

「凜之介は用があるそうです」

「用？　用とは……うわあ、お、下ろせ、恵塊！」

「あははは。豆風さまは小さくて軽くて可愛らしいですねえ」

「やかましい。豆風はもうすぐ九つになるのだぞ」

「はいはい。存じておりますよ」

「これからめきめきと大きくなるのだ」

「はいはい。楽しみにしておりますよ」

豆風を片手で抱えたまま、恵塊は大股(おおまた)で去っていってしまった。

賑やかな掛け合いが聞こえなくなると、雅風がため息混じりに苦笑した。

「恵塊のやつ、変な気を遣いおって」

どんな気を遣われたのかわかるだけに、凛之介は耳まで赤くして俯いてしまう。けれど胸の内には、じわじわと喜びが込み上げていた。

どちらからともなく手を伸ばす。指先を絡めながら、ぎゅっと手をつないだ。

「ずいぶんと肌寒くなってきたな」

「ええ」

「あとひと月もすれば、朱鷺風には雪が降る」

この冬からは、村人たちが豪雪の被害に苦しむことはなくなるだろう。

「冬の後には春が来て、雲菓子が食べ放題なんですよね」

「楽しみか？」

「はい。わくわくします」

思い切り頷くと、雅風が心から楽しそうに声をたてて笑った。

ふたりして、冬の気配の濃くなった空を見上げる。凛之介のさらりとした前髪を、柔らかな風が揺らした。

ふと、耳元で風が囁いた。

「今、何か聞こえなかったか？」

「雅風さまにも聞こえましたか？」

「なんと聞こえた？」

凜之介はもう一度耳を澄ます。

よかったな、雅風。よかったな、凜之介。

末永く幸せに暮らすんだぞ。

涼風の優しい囁きが、さわりと耳朶を撫でてくれた。

「多分……雅風さまと同じ声が聞こえました」

微笑みながら見上げると、雅風が静かに頷く。

「そうだ。ちょっと待っていろ」

雅風は繋いだ手を解くと、そのまま庭の奥へと走っていった。土蔵の方だ。

しばらく待っていると雅風が急ぎ足で戻ってきた。その手に桐の箱を持っている。中身がなんなのか、尋ねるまでもなかった。

「風鈴ですね」

「ああ」

雅風が桐箱を開ける。中から取り出した風鈴に、凜之介は息を止めた。凜之介が初めて瑞風国に上がった際に、父が持たせてくれた風鈴だった。

——父さんが作った風鈴……。

雅風が差し出した風鈴を耳元で揺らす。チリンという柔らかな音が、優しかった父の笑顔を連れてきた。込み上げてくる涙はしかし、悲しみのそれではなかった。

——父さん、おれは今、とても幸せです。

チリンとまた風鈴を鳴らす。

そうか。よかったな。幸せに暮らせ。

父の声が聞こえた気がした。

「軒に吊るそう」

「はい」

雅風が風鈴を軒先に吊り下げてくれた。風術を使うまでもなく、風鈴は風に揺られ、チリンと優しい音を立てた。

縁側に腰かけ、しばらくふたりでその音色に聞き入った。

「春が終われば夏が来る。凜之介、夏祭りの約束を覚えているか」

来年もまた一緒に。九年前の約束を、忘れるはずがない。

「もちろんです。豆風さまもお誘いしましょう」

「私もそう考えていた」

雅風は微笑み、着物の袖から小さな何かを取り出した。

「それから、これを持って行こう」

それは、あの日凜之介が当たり矢で当て、涼風に贈った小さな貝独楽だった。

涼風兄さんも連れて行こう。雅風の瞳がそう言っていた。

「楽しみですね、夏祭り」

雅風はとびきり優しい笑顔で「ああ」と頷き、甘い甘い口づけをくれた。

「……んっ……」

穏やかな風がふたりを包む。

チリン、チリリンと風鈴が鳴る。

空高く、トンビがくるりと輪を描いた。

あとがき

こんにちは。または初めまして。安曇ひかると申します。このたびは『風の神とびいどろの歌声』をお手に取っていただきありがとうございました。風の神の長・雅風と、記憶を失くしてしまった風子・凜之介の時代小説風恋物語、楽しんでいただけたでしょうか。

実は本作のプロットを提出したのは、前作『年下アルファの過剰な愛情』より先でした。おかっぱ少年をどうしても書きたくて、でも現代ものではなかなか難しいなあと、いろいろ試行錯誤した結果、このたびようやく作品として完成させることができました。主役のふたりを差し置いて、豆風が大活躍でしたね。子供を登場させる時はだいたい四～五歳が多いのですが、個人的には「大人の階段というものの存在を知った頃＝生意気盛り」の少年が、書いていて一番楽しいです。

金ひかる先生、お忙しい中今回もまた素敵なイラストをありがとうございました。金先生に描いていただくのはこれで三度目となりますが、毎回物語の雰囲気をあますところなく表現していただいて感謝感激です。凜之介と豆風のダブルおかっぱに萌え倍増でした！　本当にありがとうございました。

末筆になりましたが、最後まで読んでくださった皆さまと本作にかかわってくださったすべての方々に心より感謝、御礼を申し上げます。ありがとうございました。愛を込めて。

二〇二〇年　一〇月　安曇ひかる